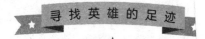

血性将军
佟麟阁

尚 未◎著

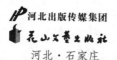

河北出版传媒集团

花山文艺出版社

河北·石家庄

图书在版编目（CIP）数据

血性将军佟麟阁 / 尚未著. —石家庄：花山文艺
出版社，2021.6（2022.7 重印）
（寻找英雄的足迹 / 王凤，李延青主编）
ISBN 978-7-5511-5663-9

Ⅰ.①血… Ⅱ.①尚… Ⅲ.①传记文学—中国—当代
Ⅳ.①I25

中国版本图书馆CIP数据核字(2021)第065941号

丛 书 名：寻找英雄的足迹
主　　编：王　凤　李延青
书　　名：**血性将军佟麟阁**
　　　　　Xuexingjiangjun Tong Linge
著　　者：尚　未
策　　划：郝建国
统　　筹：王福仓　王玉晓
责任编辑：郝卫国　温学蕾
特约编辑：马艳娇
责任校对：李　鸥
美术编辑：胡彤亮　陈　淼
出版发行：花山文艺出版社（邮政编码：050061）
　　　　　（河北省石家庄市友谊北大街330号）
销售热线：0311-88643221
传　　真：0311-88643234
印　　刷：三河市东兴印刷有限公司
经　　销：新华书店
开　　本：880×1230　1/32
印　　张：6.375
字　　数：120千字
版　　次：2021年6月第1版
　　　　　2022年7月第2次印刷
书　　号：ISBN 978-7-5511-5663-9
定　　价：20.00元

佟麟阁

　　1892年生于河北高阳县一个农民家庭。辛亥革命后毅然投笔从戎，追随冯玉祥开始了他的军旅生涯。"为民族生存而战斗，为国家荣誉而献身"一直是他不变的信条。七七事变时，他指挥第29军浴血奋战，坚守南苑，最终壮烈殉国。毛泽东称赞佟麟阁将军"给了全中国人以崇高伟大的模范"。

写 在 前 面
◎郝建国

习近平总书记一直高度重视对英雄的宣传和学习，指出："全党全社会要崇尚英雄、学习英雄、关爱英雄，大力弘扬英雄精神，汇聚实现中华民族伟大复兴的磅礴力量。"（2020年10月21日习近平给四川省革命伤残军人休养院全体同志的回信）

我们组织推出此套丛书，即是贯彻落实习近平总书记重要指示精神的一个实际行动，是"不忘初心、牢记使命"的一次具体实践。

曾几何时，英雄这一神圣的群体，被明星的光环遮蔽，在不少年轻人的心中，当年妇孺皆知的共和国英雄，似乎离他们越来越远。追星族挖空心思了解明星们的各种癖好，而对开国英雄们的事迹竟然一无所知。相比于二十世纪五六十年代人们对英雄的崇拜和对英雄事迹的传颂，当下对英雄，尤其是为中华人民共和国成立立下不朽功勋的英烈们的颂扬，显得有些薄弱。

一个淡忘英雄的国家，难以面向未来。

让英雄重归视野、永驻心田，是我们组织创作出版这套"寻找英雄的足迹"丛书的初衷，也是所有参与此项工作的领导和工作人员的心愿。

丛书由河北省作家协会组织创作，由花山文艺出版社编辑出版发行。八位写作者，都是河北省文学界颇有实力的中坚力量，活跃于文学创作领域。他们用生动的笔触，表达对英雄的敬仰和缅怀，在采访和搜集资料的过程中，付出了不少辛劳，在此表示由衷的感谢。

丛书的传主李大钊、董振堂、赵博生、佟麟阁、狼牙山五壮士、马本斋、董存瑞、戎冠秀，都是入选"100位为新中国成立作出突出贡献的英雄模范人物"的河北籍英烈，其事迹具有全国影响力和彪炳史册的震撼力。他们属于河北，更属于中国。由于以前曾经出版过很多记述他们英雄故事的书籍，为了能够吸引当下青少年阅读，我们另辟蹊径，寄望在"寻找"的过程中，发现新事迹，挖掘新材料，带给读者全新的阅读体验。

丛书以青少年为主要读者，因此，写作中力求可读性强，避免史料的堆积和过于浓重的学术表述，让阅读者在潜移默化的感染中，学习英烈们的精神，汲取向上的力量，珍惜来之不易的幸福生活，热爱先烈们抛头颅洒热血建立的新中国，为实现中华民族伟大复兴的中国梦发奋工作。

为了打造出一套高质量的精品图书，作者们数易其稿，编辑们反复审读，河北省作协多次召开协调会，从写作动机、行文风格、读者对象、宣传方案到编辑体例、数字用法都进行了深入研讨，并将丛书列为向中国共产党成立一百周年的献礼图书。其间，得到中共河北省委宣传部领导的大力支持和指导，丛书被列为河北省优秀出版物选题并给予资金支持。

从资料的搜集、整理到对相关人物的采访，特别是写作的创新，其间都面临着巨大的挑战。时代在前进，人们的阅读习惯发生了巨大的变化，我们的尝试能否达到令读者满意的效果，现在还是未知数。不管怎样，我们用一颗虔诚的心，回望英烈们的感人事迹，探寻他们的初心，为当代人树立起一面面闪光的旗帜，这个朴素的想法，其实在丛书付梓之时即已实现。

限于资料的收集范围，加之时间紧迫，书中的疏漏之处在所难免，恳请读者批评指正。

让我们一起讴歌英雄，缅怀英雄，学习英雄，踏着英雄的足迹不断前行！

目　　录

引子……………………………………… 001

第一章　乱世初心定………………… 005

　　大地苍茫　……………………… 005

　　谁主沉浮　……………………… 012

　　投笔从戎　……………………… 019

第二章　宝剑锋从磨砺出…………… 031

　　不负韶华　……………………… 031

　　讨逆护国　……………………… 038

　　乱世飘摇　……………………… 045

第三章　上下而求索………………… 056

　　解甲归田　……………………… 056

　　混战旋涡　……………………… 064

　　战马嘶鸣　……………………… 071

第四章　疾风知劲草………………… 082

　　烽烟滚滚　……………………… 082

唯有抗争 ⋯⋯⋯⋯⋯⋯⋯⋯⋯⋯ 089

壮志未酬 ⋯⋯⋯⋯⋯⋯⋯⋯⋯⋯ 096

第五章　黑云欲压境⋯⋯⋯⋯⋯⋯⋯⋯⋯ 109

心存万里 ⋯⋯⋯⋯⋯⋯⋯⋯⋯⋯ 109

回师营帐 ⋯⋯⋯⋯⋯⋯⋯⋯⋯⋯ 116

利刃高擎 ⋯⋯⋯⋯⋯⋯⋯⋯⋯⋯ 123

第六章　竭力挽狂澜⋯⋯⋯⋯⋯⋯⋯⋯⋯ 137

集聚战能 ⋯⋯⋯⋯⋯⋯⋯⋯⋯⋯ 137

南苑练兵 ⋯⋯⋯⋯⋯⋯⋯⋯⋯⋯ 145

无惧豺狼 ⋯⋯⋯⋯⋯⋯⋯⋯⋯⋯ 153

第七章　铁血铸英魂⋯⋯⋯⋯⋯⋯⋯⋯⋯ 164

七七危机 ⋯⋯⋯⋯⋯⋯⋯⋯⋯⋯ 164

誓死还击 ⋯⋯⋯⋯⋯⋯⋯⋯⋯⋯ 172

壮烈殉国 ⋯⋯⋯⋯⋯⋯⋯⋯⋯⋯ 181

引　子

风雨交加，电闪雷鸣。

万道金光闪过，心中不禁凛然，遂推枕起身，却听得窗外喊杀声阵阵，枪炮声隆隆，犹如上演着激烈战争大剧。战战兢兢下床来到阳台，却见窗外烈日高悬，绿帐如涛，没了风雨，只剩弹雨——摇曳的青纱帐中，正有无数军人或手持钢枪射击，或高举大刀冲锋，或将手榴弹砸向敌人脑袋……顷刻间，血肉横飞，死伤相枕，潮湿的大地上，弹壳累累，赤流成溪，场景甚为惨烈。

忽见一条精壮汉子在乱军中振臂高呼："宁为战死鬼，不当亡国奴，随我杀出去——"随即抬手一枪，将迎面扑来的一个敌人击毙。然而，就在他率部奋勇冲锋时，前方不远处突然响起"嗒嗒"的机枪声，眼见汉子身躯一抖，一颗子弹击穿了他的右腿，顿时鲜血染红军裤。

"可是佟将军？！"扒着窗口，我颤声喊道。

汉子并未听到我的呼叫，只见他推开前来搀扶护卫的战友，挣扎着站直了身体，继续指挥战斗。

我的心怦怦狂跳。

彼此相距甚远，但我分明看到汉子双眼已经赤红，有火焰在眸中烈烈燃烧。此时的他，像一头愤怒的狮子，像一支利箭，像一道红色闪电，率领士兵们一次又一次向敌人杀去。终于确定，眼前这位勇猛的将军，正是抗战英雄佟麟阁，他所面对的，是多如蝗虫的侵华日军……

霍地想起，我也曾为军人，也曾在军营磨砺了十几个春秋，因国泰民安，没遇到什么惊心动魄之事，虽说圆了保家卫国的夙愿，但未能成就傲人功绩，心中难免有些遗憾。此刻，眼见佟将军等勇士以寡敌众、鏖战沙场，情况甚是危急，来不及多想，我纵身一跃，从窗口跳到了青纱帐中，正要扑上前去与将军一起杀敌报国，却听得头顶传来了一阵刺耳轰鸣声。

抬头望去，一架敌机正恶狠狠朝佟麟阁俯冲下来，我甚至看到了日军飞行员狰狞的笑。

"将军，卧倒！"我大声疾呼。

一切已经太晚。

几枚炸弹从天而降，其中一枚在佟麟阁身旁爆炸，几块弹片击中了他，将军的身躯晃了几晃，像座大山轰然倒地。慌乱中，我四下望去，现场停滞了，拼命厮杀的双方皆如雕像不再动作，周围那些高粱叶子也统统变成透明的红色，有血珠在叶面滚动，阳光穿过高粱棵子的罅隙照射下来，这些缓缓滚动的血滴，慢慢闪烁出红宝石的光芒。

跟跄着，我朝倒地的佟将军走去，一步，两步，三步……似乎过了一个世纪，我终于来到将军近前。这时的他，已血肉模糊，壮烈殉国。

天空，在呜咽。

大地，在哭泣。

"将军！"我号啕一声，从睡梦中惊醒，眼前却仍晃动着佟麟阁将军那张视死如归的脸……良久，我终于彻底清醒，原来只是一个梦而已。起身再看窗外，天色大亮，风雨早已停歇，初升的红日染红了对面的楼房。站在阳台上，我深吸几口气，又将所有的激愤呼了出去，心下这才安生许多。

不禁感叹：和平真好！

今天是八一建军节，当过兵或正在当兵的人共同的节日，每年的这一天，我的心情都格外复杂，慨叹岁月匆匆，身上的军人气质日益衰减，这当然不是我想看到的，却又无可奈何。失落间，眼前再次浮现梦中佟麟阁将军那张坚毅的面孔，不由得暗自说道："将军，若是跟您生在同一年代，我愿身着军装，手持钢枪，像您一样奋勇杀敌，血染疆场……"

诚然，与千千万万为新中国成立而抛头颅洒热血的先烈们相比，我是幸福的，只因生活在这个和平的年代，生活在这个日益强大的国家，生活在这片朝气蓬勃的土地上，那些血肉横飞的惨烈场景，已如昨夜梦境一般，离我渐行渐远了。

但是，忘记脚下这片土地曾经遭遇的磨难，忘记那些为了这片土地繁荣富强而牺牲的英烈们，就意味着对历史的背叛，对民族的背叛，对自我的背叛。即便脱掉军装再久，即便生活再闲适，衣食再无忧，这一点，我也是铭记在心的。

中华大地上曾燃起的烽火，我们都应铭记。

2019 年的 7 月 28 日，我决定追寻佟麟阁将军的英雄足迹，重新走进那个炮火纷飞的年代，对我而言，这是一个全新的开始。当我查找将军的资料时，发现他正是 7 月 28 日以身殉国的，只不过是在八十二年前。1937 年的 7 月 28 日，七七事变后的二十多天中，日军的魔爪伸向了南苑、伸向了北平（北京），驻守该地的 29 军官兵奋起抵抗，中华民族抵御外来侵略的历史，进入最惨烈也最壮烈的阶段。

牺牲之时，佟麟阁年仅四十五岁。

为了国家，为了民族，为了脚下的这片热土，他洒尽最后一滴血。

2015 年 9 月 2 日，习近平总书记在北京人民大会堂向佟麟阁将军的次子佟荣芳，即佟兵，颁发了"中国人民抗日战争胜利 70 周年"纪念章。

祖国没有忘记佟麟阁。

人民没有忘记佟将军。

第一章　乱世初心定

大地苍茫

　　燕赵沃土，物华天宝；燕赵儿女，慷慨悲歌。

　　在这片辽阔的大地上，坐落着一座古城——保定。她位于河北省中部、太行山东麓，是京津冀地区中心城市之一，地理位置十分重要，清代曾为直隶省省会，境内文物古迹众多，传统文化、红色文化底蕴深厚。古城东南方向约三十公里处，有一座县城，同样人杰地灵，不仅北依白洋淀这颗华北明珠，如今更与横空出世的雄安新区毗邻，这就是高阳县。出了高阳县城，再往东南方向约十五公里，有个不大的村庄，原叫"边家坞"，如今称为"边家务"。

　　村名虽然有变，村风依旧淳朴。

　　边家务，在中国的地理版图上很不起眼，就算用电子地图搜索，也仅是显示了村名以及几条纵横交错的乡村小路。然而，正是这座小小的村庄，却诞生了一位被毛泽东主席称赞为"给了全中国人以崇高伟大的模范"的光辉人物,他在2009年被评为"100位为新中国成立作出突出贡献的英雄模范人物"。他,就是国民革命军第29军副军长佟麟阁将军。

佟麟阁,原名佟凌阁,字捷三,抗日将领,七七事变时,指挥29军浴血抗战,喋血南苑,壮烈殉国,是全面抗战爆发后捐躯疆场的第一位高级将领。

让我们将岁月的车轮倒转,回溯至1892年10月29日的那一天……

时值深秋,庄稼甚至落叶、枯草皆被收走当柴烧之后,北方大地显得格外萧索、凋敝。清政府的统治也像一艘漆皮斑驳四处漏水的破船,越来越腐败没落,各种苛捐杂税多如牛毛,压得人们抬不起头来。小小边家坞村的乡亲们更是如此,除非有特殊的喜事,人们脸上难得见到笑容。然而这一天,村民佟焕文却难以抑制满心的喜悦,带着兴奋的表情,小跑着将一个好消息告知了街坊四邻。

"我家添了个大胖小子!"跟这户说完,他抹一抹额头渗出的细汗,又欢天喜地赶往了下一家。

一时间,呼啸的北风显得欢快起来,随风而起的黄埃也变成了节日烟火,在它们的伴随下,佟家媳妇胡氏生了个男孩儿的消息,迅速在边家坞村的街头巷尾传开了。都是土里刨食的庄稼人,都是面朝黄土背朝天讨生活的贫苦人,在这个风雨飘摇的年代,添个男丁,意味着将来多了一份劳力,家里就有了顶梁柱,佟焕文当然高兴,纯朴的乡邻们也替他高兴。那段日子，生活还算殷实的佟家，欢声笑语天天萦绕着小小的院落，仿佛将秋日的萧索赶到了树下、墙角、院外，赶到了更远处的田野里。

家庭仅是一只独木小舟，整个中国却是汪洋大海。

彼时的华夏，是深不见底的海，是暗流汹涌的海，动不动就有滔天巨浪恶狠狠地扑过来，随时可能掀翻千千万万个家庭的小船。佟麟阁两岁那年，也就是1894年，中日甲午战争爆发，在迂腐无能的清政府统治下，中国战败，遂被迫与日本明治政府签下了丧权辱国的《马关条约》，辽东半岛、台湾岛及其附属各岛屿（包括钓鱼岛）、澎湖列岛等大片领土被割占，并"赔偿"日本军费白银两亿两。

国土被割占，对广大爱国人士而言，不亚于剜自己的肉、剔自己的骨，那种疼痛与悲愤令人咬牙切齿，他们捶胸，他们顿足，他们仰天长叹；而生活在最底层的贫苦大众，更因战争赔款而坠入了无底深渊。清政府哪儿有钱，他们只能以苛捐杂税的形式，从老百姓身上搜刮，这两亿两的白银皆是民脂民膏，成为压在人们头顶的又一座大山。老百姓日子过得本就不易，如今更是雪上加霜。

年幼的佟麟阁尚不明白人世间的风风雨雨，但他能从父母的脸上看到变化，能看到他们的皱纹越来越深，脊背越来越弯；能感受到生活中的甘甜越来越少，苦涩却日益增多。渐渐地，在佟家的小院里，欢声笑语少了，佟家父母的唉声叹气稠密了。

从三四岁起，佟麟阁就显得比同龄孩子懂事得多。他虽不晓得父母为何脸上的愁云越来越密，但他知道父母的辛劳与艰难，知道身上穿的衣、嘴里吃的饭皆来之不易，因此很少给长辈们添麻烦，更不会提一些过分的要求。望着儿子一天天长大，佟焕文心里还是满怀希冀的。他相信，只要一家人勤勤恳恳、和和睦睦地向前奔，日子总会越过越好的。

然而，生活往往这样，越是期盼的，它越迟迟不肯露面，越是害怕的，它反倒天天纠缠。在不断轮回的春种夏长、秋收冬藏中，几年的时间过去，边家坞村的人们，依旧那么勤恳，依旧那么纯朴，也依旧那么贫苦，生活境遇未见丝毫好转，有些人家竟然到了卖儿卖女的地步。佟焕文恨死了这个吃人的世道，但他只是个农民，一个靠全家人拼命干活儿才能勉强糊口的农民，对于这个世道，他看不清、摸不透，更无力改变。

这年的秋天，佟焕文夫妻在地里收庄稼，小佟麟阁干不了别的，只能在地头帮父母守着运庄稼的独轮车。今年老天眷顾，风调雨顺，玉米和高粱长势不错，该是一个丰收年。佟麟阁别的不懂，但他知道那些沉甸甸垂着脑袋的高粱、那些金灿灿露着半个笑脸的玉米棒子，都是粮食，能填饱肚子，能养活家人，是世上最珍贵的东西。眼见父母将一个个玉米掰下，将一穗穗高粱割下，又弯腰装袋固定到小车上，佟麟阁满心欢喜，盼着自己能快点儿长大，早点儿帮父母干活儿，好让他们的腰杆也直一直。

　　蹲在地头，佟麟阁正用一根狗尾草逗弄觅食的小蚂蚁，这时，从坑洼土路的另一头走来了母女二人，她们奇怪的模样引起了他的注意。母女俩皆是两腮深陷形容枯槁，蓬头垢面破衣烂衫，虽然相互搀扶，但依旧步履蹒跚跌跌撞撞，似乎再有一阵风从身后吹过，俩人就会扑通一声趴在土路上。时光仿佛凝固，佟麟阁觉得过了很久，这对母女才踉跄着走到他的身边，却看也没看他，目光呆滞地挪了过去。

　　"妈妈，我想吃玉米。"小女孩儿嘴里喃喃道。

　　"那些……没法吃，是……生的。"母亲有气无力地解释。

　　"生的，我也想吃。"小女孩坚持道。

　　"那是人家的……不能吃。"母亲扭头望了一眼佟家独轮车上的玉米棒子。

　　小女孩儿不说什么了，耷拉着脑袋，攥着母亲的手，继续朝前挪动。

　　佟麟阁本来挺害怕的，此刻突然明白过来，他急忙站起身，从车上抓了两个玉米，小跑着追上前去，在那对母女的连声道谢中，将玉米塞到了小女孩儿手中。而后，站在原地呆呆地望着，直到母女俩消失在视线里，他才慢慢缓过神来。

　　与父母推着一车玉米回家的路上，佟麟阁突然问父亲："爹，今年是个好收成吗？"

　　佟焕文想了想，笑着说："算是吧。"

　　"可为啥还有人吃不饱肚子呢？"佟麟阁很认真地看着

父亲。

佟焕文一愣，竟不知如何作答。坑洼不平的土路上，只剩下独轮车吱吱呀呀的呻吟声。

喜欢也好，厌恶也罢，谁也无法阻挡岁月匆匆的脚步。

边家坞村的人们，似乎习惯了收获一点儿就被掳走一点儿的生活。日子越过越穷，但只要还能吃上一口饭，乡亲们就将自己牢牢地拴在这片土地上，从未想过该如何改变这一切。佟麟阁年岁尚小，但随着四季不断更迭，他渐渐发觉自己也像被无形的套子束缚着，很别扭，很难受，这种感觉，终使他产生了反抗的念头，尽管这念头还显得稚嫩，却像一棵倔强的树苗，在一天天慢慢长大，在朝着枝繁叶茂的那一刻拼命努力着。

而边家坞村之外的世界，已经在迅速地发生着变化。这变化以排山倒海之势迅猛而至，容不得人们犹豫彷徨，很快就会将现有的一切打乱，敲碎，为新秩序的建立开始清场。

清政府的统治堕入末路，国防形同虚设，令西方列强更加垂涎中国的地大物博，纷纷加入侵略的强盗队伍中，企图分上一杯羹，抢得一块肉。有着几千年文明史的中华民族，到了生死存亡的关键时刻。清政府没落腐朽的统治，西方列强肆无忌惮的欺压，让人们对现实生活越来越失望，乃至绝望。在重重压迫下，劳苦大众已经没了活路——哪里有压迫，哪里就有反抗，忍无可忍的人们终于愤怒了，爆发了，并将所有怒火都倾泻在了"洋人"身上，由最初三三两两的反对，到后来形成了声势浩大的义和团运动。这场由民众自发形成的反抗外来侵略的风暴，迅速在山东、河北等地蔓延开来，距离保定府没多远的高阳县，也是风云突起。在这种严峻的社会环境下，佟麟阁渐渐成长起来。

这一天，七岁的佟麟阁正在街头空地上看村民们操练"阴把枪"，眼见几位长者将手中长枪舞得虎虎生威、气势夺人，他不由得看呆了。

这阴把枪又名"阴把缠枪"，因前手阴手握枪而得名。所谓阴手，即手心向下，两手虎口相对。如此握枪，可使前臂基本处于放松状态，各关节最大限度地保持向各个方向的活动范围，从而为枪术灵活快速的变化奠定了基础。之所以又叫"缠枪"，皆因它以螺旋式的缠绕为其主要运动形式，加上阴手握枪，扩大了腕关节的活动范围，以前手为活动性的支点，使枪身转动得更加圆润灵活，威力大增。

佟麟阁当然不懂这些原理，但他就是觉得大人们耍的枪好看，威猛，带劲儿，令人血脉偾张。他也想学，可惜自己年龄尚小，舞不动。小脑袋瓜里正在琢磨怎么才能摸一摸那木把油亮的长枪，忽然见舅父从远处走来。

舅父胡先生饱读诗书，因年轻时科举未中，便在家开了学馆，教授本村的几个孩子，是位有着家国情怀、尽职尽责的好先生。今天前来，胡先生是有想法的。远远地，他见佟麟阁像个大人似的站在那里看人练武，身板挺拔，双目有神，觉得这孩子肯定是个可塑之才，自己的判断应该没错。想到这里，他快走了几步，上前拉着佟麟阁回了佟家。

"姐夫，让麟阁去我学馆读书吧？"佟家院子里，胡先生对正在修理农具的姐夫佟焕文说。

佟焕文停下手中的活计，站直身体愣了一下："你说他能行？"

"怎么不行？"胡先生笑了，"玉不琢不成器，人不学不知道。这孩子瞧着就十分聪明，只要多读书，明了事理，将来才会有所作为呀！"

佟焕文想了想，点头同意了。

一扇全新的大门，就这样为佟麟阁打开了。

谁 主 沉 浮

古老而充满魅力的汉字，像一只只灵动的小鸟，带领年少的佟麟阁飞进了书本的世界，这里曲径通幽，这里绚烂丰富，这里博大开阔，令佟麟阁流连忘返，如痴如醉，每天仿佛沐浴着和煦的阳光，感受着温暖的春风，周围的一切都变得美好起来，恨不得一时将天底下所有的书都读一遍。他聪明且好学，舅父胡先生教得也严格，因此进步很快。

俗话说三岁看大，七岁看老。

读书上，佟麟阁聪明好学，求知欲强；为人上，他敦厚纯朴，礼让谦逊。即便胡先生不是佟麟阁的舅父，也会喜欢这样的孩子。同学们更是以佟麟阁为核心，无论学习上还是遇到其他大事小情的，都乐意与其商量，让佟麟阁拿主意。见小外甥孺子可教，胡先生满心欢喜，对佟麟阁要求愈加严格了。

时值乱世，中华大地在猖狂的帝国主义和没落的封建主义的压迫下，哀鸿遍野，悲歌四起。"保天下者，匹夫之贱，与有责焉耳矣。"作为一位有着进步思想、视野比较开阔的乡村知识分子，胡先生和所有爱国的仁人志士一样，渴望能用自己的力量改变脚下这片大地的面貌。但是，人生境遇各有不同，胡先生受困于生活，未能实现自己报效国家的夙愿，便将希望寄托在了孩子们身上。虽然所教学生不多，但他尽心尽力去培养，满心期待将来每个弟子都能成长为国家栋梁，为民族做出贡献，使中华大地不再遭受磨难。特别是对佟麟阁，他更可谓竭尽全力，倾囊相授。为增强孩子们的爱国意识，树立远大抱负，他经常给佟麟阁等人讲班超投笔从戎、岳飞精忠报国的故事，让一个个鲜活的英雄人物在孩子们心中渐渐扎根发芽。

佟麟阁对这些故事非常感兴趣，开始有意效仿这些英雄人物。

班超从小就有远大志向，在家很是孝敬父母，抢着干那些粗活儿累活儿，在外待人热情豪爽，不拘小节，并且博览群书，视野开阔，口才了得。后因家中贫寒，班超受雇为官府抄书以谋生，每天兢兢业业非常辛苦。有一天，班超伏案半晌，抄着抄着，突然将笔扔到一旁，高声叹道："大丈夫应该效仿傅介子和张骞，出使外国建功立业，怎么能终日干这些抄抄写写的事情呢？"周围人听了这话，纷纷取笑他。班超却也不恼，说："凡夫俗子又怎能理解志士仁人的襟怀啊！"后来，他果真出使西域，立下大功，被封了侯。

佟麟阁听了这个故事后，经过自己的领悟，彻底理解了什么叫"壮士之志"。

抗金将领岳飞，更是让佟麟阁极为钦慕。小小年纪的他，一想到岳母刺字的情形，便会热血沸腾，激动不已，恨不得也找母亲在后背刻上"尽忠报国"四个字。课余，同学们一起玩打仗游戏，推选佟麟阁为首领，他就将自己想象成正在带兵杀敌的岳鹏举，不仅遇事爱琢磨、有对策，而且作风顽强，很有一股子不达目的誓不罢休的劲头儿。同学们都挺信服他，常常跟着他从村子这头儿跑到那头儿，一路荡起黄尘，一路高喊"文官不爱财，武官不怕死"的口号，大有好男儿就该治国平天下的气势。

1900 年的夏季，一个闷热的午后，到了上课时间，佟麟阁和几位同学早早就在课桌前坐好，却左等不见胡先生，右等也不见胡先生，这可不是先生的做派，以往他都是比同学们还早到的，今天这是怎么了呢？

孩子们不由得议论纷纷。

莫非舅父病了？想到这里，佟麟阁心中有些不安。窗外，蝉儿们躲在树上，发出一阵紧似一阵的叫声，听上去撕心裂肺的，令人格外烦躁。佟麟阁左右看了看，见小伙伴们都将目光投向了自己，意思是让他去瞧瞧发生了什么。佟麟阁定了定神，正要站起身去屋外看看，却见舅父已经一脸沉重地走了进来，他急忙坐直身体。

"今天，暂不开新课了。"胡先生咳嗽了一声，扭头望了望窗外白灿灿的阳光，眼中似乎有亮晶晶的东西闪过。

佟麟阁不由得吃了一惊，心想莫非舅父刚才哭过？不可能啊，舅父是个大人，大人怎么会轻易哭呢，莫不是家里出了什么事吧？正在胡思乱想，舅父又开口说话了。

"告诉你们一个不好的消息，"胡先生满脸的愤懑，"洋人的军队……打进北京城了！"

孩子们虽然都不大，可在胡先生的教导下，对国家大事也是多有了解的，此刻听先生这么一说，不由得叫嚷起来。

"咱们的兵呢？"有孩子问。

"那个老佛爷呢？她不管吗？"又有孩子追问。

"咱们中国有这么多人，那么多兵，咋就让洋鬼子打进来了？"佟麟阁也站起身问。

胡先生双目微红地望了望众学生，一时不知该如何回答孩子们的问题，不由得仰头一声长叹。

舅父的这声叹息，像一支利箭，嗖地扎在了佟麟阁的心脏上，小小年纪的他，本是无忧无虑的他，第一次感受到了什么叫疼痛，什么叫憋屈。通过读书，他已经知道中国很大，中国人很多，这么大的国家，这么多的人，怎么会随随便便就让外国人给打进来呢？难道说，中国的军队都是白吃干饭的？不对啊，记得有一次，县城里的兵来村里抓抗税的人，一个个凶神恶煞似的，人见人怕，瞧上去不像弱不禁风的样子嘛！

和同学们一样，佟麟阁尚且不懂什么叫积贫积弱，更不懂什么是落后就要挨打，但是，在他幼小的心灵中，却早已明白了一个道理：面对凶狠的豺狼，面对凶恶的野狗，只有拿起棍棒、捡起石块打过去，将它们赶跑，才能保护自己。而当兵的，就该保家卫国，否则当的哪家子兵？

佟麟阁越想越气，小小的胸膛都快气炸了。

待弟子们的情绪稍稍平复后，胡先生也从悲愤中冷静下来，他开始给大家讲从外面得到的更多消息，他说，至少有八个国家的军队入侵了中国，慈禧太后贪生怕死，带着皇帝和大臣们仓皇西逃了，将偌大的北京城拱手让给了洋人。他还说，洋人就像妖魔一般，到处杀人放火，手段极为残忍，还将圆明园一把火给烧了，抢走无数珍宝，就连铜制水缸上面的镀金，也被洋鬼子用刺刀刮去……

这个下午，对于年仅八岁的佟麟阁而言，是个难挨的下午，是个气愤的下午，他恨不得自己立即就长大，手持一杆"阴把枪"，去杀洋鬼子，将他们全部撵出中国去。

中国，是属于每一个中国人的，绝不允许外人来践踏！

然而，尽管佟麟阁已经萌发了朴素的爱国主义思想，但目前，他还仅是一个农村的小孩子，哪怕义愤填膺，哪怕恨得牙根直痒，他也没有能力去改变眼前的一切。他唯一能做的，只有努力学习，努力增长才干，为将来报效国家打下坚实的基础。

老大的中国，羸弱的中国，依旧在狂风暴雨中飘摇着。

除去上学以及帮父母干些力所能及的农活儿之外，佟麟阁将余下的时间都用在了读书上。在他看来，书本真是个神奇的东西，一旦爱上，会让人眼界大开，痴迷忘我。每当舅父在课堂上讲书，佟麟阁都听得津津有味，感觉能有书可读，是这个世间最幸福的一件事。

渐渐地，舅父讲的故事已经不能满足佟麟阁旺盛的求知欲了，他开始自己四处找书来看。这天下午，难得空闲，他兴冲冲跑到本村的一个小伙伴家里玩，两个人在院中要了一会儿武把式，头上冒了汗，于是进屋喝水。佟麟阁灌了几口凉水后，猛一抬头，看见小伙伴家歪歪扭扭的碗橱上扔了本破旧的书。

"那是啥书？"佟麟阁好奇地问。

"谁知道。"小伙伴满不在乎地说。

"你没拿下来看过吗？"佟麟阁又问。

"看啥？扔那儿不晓得几年了。"

"能拿下来看看吗？"佟麟阁笑着问。

小伙伴伸手就拽了下来，拍了拍上面的尘土，塞到佟麟阁手里，大方地说："喜欢你就拿走。"

佟麟阁注目一看，却是本《高阳县志》，那些发黄的纸张已经被虫蛀得飞了边，但字迹依旧清晰可辨，顿时喜不自禁，忙说："看完我就还你。"他再也没了玩的心思，辞了小伙伴，急匆匆回了家。

从这天起，佟麟阁开始一页一页地翻读《高阳县志》，陆续看了有半个多月，这本书成了他学习之余最大的乐趣。他读完那些发黄的纸张，已然目光灼灼。佟麟阁兴奋地发现，高阳的历史上竟然也有过很多名人，英雄人物层出不穷，这令他深受震撼，同时也从内心深处生发出骄傲和自豪，家乡厚重悠久的历史，家乡跌宕起伏的历史，让他恍惚间似看到了自己的未来。

再厚的书也有被读完的时候。

厚厚的一本《高阳县志》被佟麟阁看完了，无书可读的滋味不好受，无奈之下，他只得缠着舅父找书看。胡先生见小外甥读书上瘾，很是高兴，给他找了本《史记》。

"这是司马迁所著之书，"胡先生轻轻掂了下手中的书本，"'五经'之后，唯有此作，你虽尚小，可以试着读一读。"

舅父交给佟麟阁的，只是《史记》的一部分，即便如此，里面的很多字他仍需要现学现用，但这并未影响佟麟阁沉入其中。那些优美的语句，那些生动的描述，那些鲜活的人物，让佟麟阁仿佛看到了一个全新的世界，一个博大的世界，他的视野越发开阔了。

在书的滋养下，佟麟阁心中的那棵小树，开始日趋茁壮
起来。

投 笔 从 戎

在朴实善良的人们眼中，生活，就是过日子，过太平安
稳的日子，没有过多奢求。局势越动荡，生存越艰辛，这种
渴望就越强烈。边家坞村的人们更是如此。站在生于斯，长
于斯，歌哭于斯，将来也必葬于斯的土地上，哪怕昨天这里
还枪炮齐鸣，喊杀震天，血流成河，只要今日恢复了平静，
人们就会不约而同地走出家门，奔向田野，犁开大地，将希
望的种子播下去，用辛勤的汗水甚至泪水施以浇灌，希冀未
来收获那份本该属于自己的果实，从而延续四季轮回的平凡
生活。

这个世上，还有什么比平平稳稳过日子更重要呢？

然而，随着自己一天天长大，读过的书与日俱增，对于
人生，对于眼前这个世界，佟麟阁有了自己的想法。不知为
何，他总觉得内心有一只羽翼渐丰的雄鹰在跃跃欲试，他想
飞出边家坞村，飞出高阳县，飞到更广阔的天地去历练自己，
他不愿再过老辈子人日复一日、无休无止劳作却仅能甚至难
以糊口的生活。但他的父母却不这么认为，他们只希望自己
的儿子像祖祖辈辈的边家坞人那样，日出而作日落而息，一
家人在一起平平安安地讨生活。

岁月的车轮，在希冀与阻碍中执拗地向前滚动着。

仿佛只是转眼间，佟麟阁已经十五岁了，小伙子往那儿一站，儒雅倜傥，仪表堂堂，气度不凡，很是吸引人们眼球。开始有人给他说媒拉线。佟麟阁本不想过早考虑婚姻之事，但耐不住父母遵循老辈子规矩，想让他早点儿传宗接代，于是经人做媒，父母做主，他与八果庄的女子彭静智完了婚。八果庄距离边家坞村仅有几里，都是三乡五里的，沟通上没有任何障碍，且彭家的家境比佟家还要殷实，对于这门亲事，佟麟阁的父母很满意。

彭静智比佟麟阁大三岁，十八岁的她，贤淑达理，端庄内敛，佟麟阁很尊敬她。在丈夫日后的军旅生涯中，彭静智更是没让佟麟阁失望，以中华女子的坚忍，给予了他坚定的支持，让佟麟阁对妻子愈加敬佩。

人生难得一知己。

小夫妻结婚许久，佟麟阁依旧记得新婚那天，彭静智坐着花轿一路逶迤而来的情形。那时的他，在震天响的唢呐声中，在乱糟糟的喧闹声中，有种莫名的期待，更有种莫名的压力，他突然意识到，自己是个男人了，是个肩膀必须承担责任的男子汉了。是男子汉就要养家糊口，尽管佟麟阁有远走高飞的想法，但现实情况使他不得不先考虑如何生存。婚后第二年的年初，在父亲佟焕文的友人帮助下，佟麟阁凭借自身优良的素质和过硬的书法功底，考入了高阳县县公署，最终做了一名缮写员。

第一次有了份稳定的工作，有了份稳定的收入，对于涉世未深的年轻人来讲，没理由不珍惜，令佟麟阁尤为兴奋的是，他终于走出边家坞村，有了一个增长见识的机会。高阳县城尽管不大，但南来北往的人却不少，各种新的信息，各种新的思想也随风而至，让佟麟阁的眼界一下子打开了。佟家的大儿子去县城吃上了官家饭，从此不用再土里刨食了，这件事也让边家坞村的父老乡亲羡慕不已，大伙纷纷向佟焕文表示祝贺。看到丈夫年纪轻轻就这么有能力，才过门的彭静智也是心里乐开了花。

　　佟家的日子，似乎有了那么一丝甜意。

　　从边家坞村到高阳县城，途中需要经过两条河，一条是潴龙河，水面宽阔，水流湍急；而另外一条，给佟麟阁留下的记忆更深，那就是位于县城东南方向的孝义河。每次从这条河上经过，或者偶尔来到岸边，他的内心总会像眼前那汤汤大水一样，泛起诸多波澜，迸射出亮闪闪鱼鳞般的光芒。在这些光中，他能看到很多，既有边家坞村街坊四邻的面孔，也有从书籍上读到的各位仁人志士的脸庞，但更多的，却是他经常在田边地头、在县城的角角落落里，见到的一张张干瘦的、无奈的、绝望的贫苦人的脸，这些愁容泛出的暗淡之光，在他的脑海中缓慢掠过，使他产生一种既苦又涩的感觉，如鲠在喉，无处诉说，这令人难以承受的苦难滋味，渐渐冲淡了他原来的喜悦。

随着视野不断开阔，佟麟阁对国家大事有了更深层次的认识。

早在 1901 年八国联军入侵中国之后，无能的清政府与英、美、法、德、俄、日等十一国签了又一个不平等的条约——《辛丑条约》，当时的佟麟阁，对此还没有更多了解，只是从舅父胡先生那里获知，这应该是个丧权辱国的大事件。如今，他渐渐长大了，了解了，明白了，知道清政府与洋人签订的这一系列条约，分明就是卖国，分明就是不顾百姓死活，分明就是洋人合起伙来瓜分中国！

腐败的清政府，是要将全中国的老百姓置于洋人的奴役之下啊！

那些白花花的银子，是从老百姓身上压榨出来的，是用人命提炼出来的。搞清楚了这些，佟麟阁的内心开始燃起熊熊怒火。

令人感到振奋的是，随着帝国主义侵略的进一步加剧，为挽救危在旦夕的中华民族，一些仁人志士开始在群众中宣传进步思想，促进了人民的觉醒。面对日益高涨的革命形势，清政府为了维持摇摇欲坠的封建王朝，一方面加强专制，武力镇压；另一方面，不得不适应时代潮流，做出了"学习西方"的姿态，自导自演了一场"预备立宪"的丑剧，以图欺骗人民，抵制革命。在识破清政府的愚民伎俩之后，中华儿女彻底愤怒了，既然清政府弃信于天下，天下人自可以奋起而反之。

革命的烈火，在各地以燎原之势迅速燃烧起来。

1911 年 10 月 10 日晚，清政府新军工程第 8 营的革命党人打响了武昌起义的第一枪，在这之后的短短两个月内，湖南、广东等十五个省纷纷宣布脱离清政府而独立。南方的革命浪潮很快席卷全国，沉睡中的北方大地，也在惊雷之下猛然苏醒。1912 年 1 月 3 日，驻守河北滦州的新军第 20 镇协同第 6 镇举兵起义，并通电全国，宣布独立，成立北方革命军政府，推举中国同盟会会员王金铭为都督，同盟会会员施从云为总司令，冯玉祥为参谋总长，同盟会会员白雅雨为参谋长。次日，起义军发布檄文，声讨清政府，并准备攻打京、津……

在县公署缮写文书的佟麟阁，很快知晓了这些消息。

那段日子，他格外激动，偶尔回到家中，抱起两岁大的儿子，亲着亲着，佟麟阁就开始一个劲儿地傻笑，把一旁的妻子都笑糊涂了。

"发生了什么事？"彭静智纳闷儿地问。

"我要参加革命！"佟麟阁又亲了一下儿子粉嫩的脸，郑重地对妻子说。

"啥？"彭静智愣了一下。

"革命！"佟麟阁低声补充了一句。见彭静智仍是一副诧异的表情，怕她担心，也就没再解释，而是找了个话茬儿，将这事略过去了。

只不过，那个强烈的念头却在佟麟阁的心中越来越坚定，最后形成了一种信念，他知道，自己该做出正确的抉择了——

莫等闲，白了少年头，空悲切！

他想起了岳飞，想起了投笔从戎的班超。

儿子在县公署当差，虽是一个小小的缮写员，但每个月
有十两银子的俸禄，足够养活一家人，性情敦厚的农民佟焕
文很是欣慰，在村人面前说话，底气都足了许多。然而，这
一天，当他听儿媳彭静智谈起一件事后，佟焕文立刻怒火中
烧，这心火却是佟麟阁给点燃的。

儿子竟然想去当兵？这哪儿行！

那个年代，清政府的官兵腐败无能，接连吃败仗，反抗
外敌侵略上简直是一群废物，欺负老百姓倒是一个比一个凶
恶，父老乡亲们没有一个不骂的。好铁不打钉、好男不当兵，
早就成了人们的共识。如今，儿子想去当兵，想放弃稳定的
工作去扛枪打仗，佟焕文不反对才怪。

佟麟阁当然有自己的理由。

滦州起义后不久，因其地理位置毗邻北京，清政府受到
极大刺激，随即对起义进行了残酷镇压，王金铭、施从云、
白雅雨等起义将领壮烈牺牲，大批革命志士被捕。冯玉祥也
遭到囚禁，接着又被递解回了原籍。然而，在奔腾的历史洪
流面前，清政府的垂死挣扎终究无力回天，没过多久，在全
国革命烈火的炙烤下，清政府土崩瓦解了。冯玉祥得以重新
出山，并来到直隶省招兵买马，以期实现男儿壮志，为国为
民建一番伟业。

在高阳县县公署的这些时日，各类报刊上时有冯玉祥的消息，佟麟阁对其早已仰慕，如今听得冯玉祥来直隶省招募新兵，他那颗年轻的心不可抑制地剧烈跳动起来。这一日，他正在桌前抄写文书，只见一个个汉字在他的笔下端端正正、遒劲有力地呈现，笔端如有神助。一直以来，佟麟阁都很享受这一过程，可此刻，他写着写着，脑海中突然闪出一幅画面，随即动作就停了下来，也就是电光石火之间，他将手中的毛笔硬生生拍到了笔搁上。

"大丈夫安能久事笔砚间乎？！"佟麟阁仰天发出了一声慨叹，犹如当年班超投笔从戎的情形。

他的胸怀霍然打开了。

他要离开高阳，去更广阔的天地闯一闯。

回家时，佟麟阁再次路过了孝义河，想到一个"孝"字，又想到一个"义"字，他的心里也是七上八下的，说不清什么滋味。到了家中，他没敢将想法直接告诉父亲，而是先跟妻子商量了此事。

彭静智的眼圈唰地红了。现今，她正有身孕，膝下还有一个刚刚两岁的儿子，丈夫却要远行，而且是去当兵，去过脑袋别在腰带上的日子，她又如何舍得？然而，彭静智静下心来再一想，丈夫已经二十岁了，是个响当当的男子汉了，应该出去闯荡一番，去见见大世面，经经大场面，将来也才会有大作为，关键时刻，自己又怎能扯他的后腿呢？好不容易做通了自己的工作，在佟麟阁的示意下，彭静智将这个事情告诉了公爹佟焕文，谁料佟焕文当时就急了，坚决不同意，并怒冲冲地找到佟麟阁，当面质问。

"在县公署不是很好嘛，当什么兵？"佟焕文一屁股坐在椅子上，瞪着儿子继续训斥道，"要说挣钱也不少，你小子还不知足啊？"

佟麟阁是个孝顺的儿子，见父亲一脸不悦，只得低头不语。

"当初，家里省吃俭用让你读书，就是想让你能谋上一份好差事，安安稳稳地过日子……你哪儿那么多想法？"佟父脸上的阴云更密了，似乎狂风暴雨将至。

佟麟阁知道，一时半会儿，父亲转不过这个弯儿来，自己若强行辩解，搞不好会气坏了父亲。想到这里，他索性以退为进，当面一句话也没有反驳，事后见父亲火气没那么大了，才让妻子彭静智去慢慢做二老的工作。这样一来二去，两位老人见儿子决心已定，儿媳又说了一堆好男儿就该出去闯一闯，为国尽忠、为民谋福的大道理，反对的情绪也就不那么强烈了。

见时机终于成熟，佟麟阁辞去了县公署的差事，将家人托付给一位好朋友，又给妻子彭静智留下一封家书，一切收拾妥当后，毅然辞别家人，告别父老，离开边家坞，离开高阳，日夜兼程地去投奔了冯玉祥，入伍成为一名战士。

漫长的军旅生活，向佟麟阁敞开了血与火的怀抱。

将军令（一）

几十年过去，佟将军，我看到您仍站在原野中，就站在这片绿草如茵、林木葱郁的华北平原上，依然雄姿英发，依然目光如炬。

那一簇簇茂盛的野草啊，我不知道你们的名字，却被你们浓烈的绿意所浸染，被你们旺盛的生命所鼓舞，我愿意躺进大地的怀里，去迎接你们温柔的抚摩，去嗅嗅你们身下泥土的芬芳。

那一排排茁壮的白杨树啊，你们的树干上，为何长满了一只只眼睛，那些深邃又饱含怜悯的目光在注视着什么？是过往的厮杀，还是现今的和平？我愿意坐在你们脚下，背靠你们高挺的躯干，望一望蔚蓝的天空，看着那些鸟儿轻盈飞过。

请你们给我片刻的时光，容我擦去额上的汗水。

请你们为我打开时空隧道，去聆听那烽火岁月的呐喊声。哦，你们看到了吗？佟将军正向我们这个时代大步走来。

将军，您看见了吗？那一座座被野草覆盖的坟茔中，可有您的先辈，可有您的亲朋？他们可曾为您欢笑，可曾为您而落泪？这厚重的土地啊，我的双脚踏在这里，浑身就充满了力量，心脏就跳得愈加平稳。遥想当年，将军，正是您和千千万万中华优秀儿女，用满腔热血保卫了这片土地，守护了这方安宁，才使得如今的我、如今的我们，拥有了这种力量感，拥有了再次崛起的信心。

将军，我想对您说，我知道，谁都会有死去的那一刻，当那一天到来时，我愿心满意足地倒下，融入大地的怀里。正如当年将军您那样。

只不过，您去得壮烈，我走得庸常。

唯一能让我感觉欣慰的是，此刻我已来到您的家乡，在这个特殊的日子，以一个曾经的军人的身份，站在了这片土地上，前来寻觅您的气息，沿着您的足迹，重温属于您的那段峥嵘岁月。

今天，2019 年 8 月 1 日。

在您家国情怀的感召下，我驻足在高阳县边家务村村东的路口处。昨夜的风雨已成往事，今日的酷热却是现实。同行的高蠡暴动纪念馆馆长边镇江老师和蒲口乡总校教研员韩金涛老师也早就浑身是汗，但我们三人谁都没有急着回到车上，去享受空调的凉爽，而是站在边家务村的钢架拱形门下，在热浪的包裹中，良久地凝望着上面的六个大字——边家务欢迎您。

将军，您能感受到吗？如今的中国乡村，正以前所未有的自信，正以前所未有的安宁，迎接着八方来客。用手抹了抹头上的汗珠，我抚今追昔，想到您为民族自立而浴血沙场的那一刻，不由得心潮起伏。

来之不易的自信，来之不易的安宁啊！

烈日高悬，酷暑难挨，但身处这村野之中，心情却是好的。入村的水泥路在昨夜暴雨的冲刷下干净整洁，路两侧的草木葳蕤盎然，路尽头的边家务在这浓郁的绿意中若隐若现，宛若隐藏在密林深处的世外桃源，使人对前面的一切充满期待。

"我们进村去吧。"边镇江老师热情地说。

正准备登车前往，去实地感受一下这略带神秘感的村庄，我的视线却被道路左侧的一片墓地吸引了。那是块高出路面近半米的土地，上面栽满胳膊粗的杨树，树下长满绿油油的野草，在密实的草丛中，一个个坟冢静静地躺在那里。这里是平原，比不得我的老家有山，故去的人可以在山脚下找到最终归宿。因为有山的映衬，山脚下的坟包显得不那么突兀，而平原地区的坟墓，就显得有些孤傲了。中国人讲究入土为安，即便是实行火葬这么多年，这些坟包依旧执着地守护在村庄周围。

此正是：

南北山头多墓田，清明祭扫各纷然。

纸灰飞作白蝴蝶，泪血染成红杜鹃。

热浪之中，忽地想起佟麟阁将军的坟茔。此刻，位于北京香山正黄旗村南山坡上的将军墓，应该也是翠绿环绕，静谧得只剩鸟儿的啁啾声，所有前来拜谒的人们，脚步该是轻盈的，神情该是肃穆的，目光该是敬仰地投向"抗日烈士佟麟阁将军之墓"那几个大字吧。

佟将军啊，彭静智女士也已安眠在您的身旁，当夜幕降临之时，你们这对历尽乱世悲欢的伉俪，是否再次静静地坐在一起，边回眸岁月峥嵘，边欣慰地注视着安宁祥和的华夏大地，共同聆听夏日夜晚那些美妙的虫鸣呢？身为"100位为新中国成立作出突出贡献的英雄模范人物"，您可以安然享受这份宁静了。

而如今的我们，追随的脚步不能停止，奋进的脚步更不能停止。

第二章　宝剑锋从磨砺出

不负韶华

夜已深，窗外传来沙沙的雨声。院子里的杏花，想来又要落一地的。

屋内，小小的油灯，小小的火苗，像小小的精灵，一跳一跳的，将彭静智忙碌的身影映在墙壁上，同样摇摇曳曳，像是要挣脱束缚飞出小屋，穿越漆黑夜色，穿越空间阻隔，去那遥远的地方寻找自己的丈夫——佟麟阁去当兵已经有些时日了，至今仍音信皆无，望着正在酣睡的儿子荣萱，又看看尚在襁褓中的女儿克修，彭静智心中既有丝丝甜蜜，又有几许无奈，更多的是如这漫漫长夜般黏稠的思念。

"也不知，捷三在军队里怎么样？"她轻声叹了口气，旋即又笑了，心想，自己在这里胡思乱想，能解决什么问题？望着跳动的灯火愣了会儿神，彭静智重新拿起针线，继续为孩子们缝制衣衫。

院外传来一阵响动，像有什么东西从窗台落到地上，吓了彭静智一跳。尽管夜深人静，但她丝毫没有畏惧，立即放下手中针线活儿，倏地站起身，轻轻推开了窗子。夜风携雨，吹得油灯忽闪几下，差点儿灭掉。一番查看，原是有只老鼠正在窗台上游窜，将放在那儿的一只破碗碰到了地上。彭静智心中恼火，抄起笤帚，探出身子朝老鼠挥去，那黑黢黢的家伙一慌，也掉下窗台，吱的一声消失在院子里。

"要是捷三在，定逮住你这偷粮贼！"彭静智低声斥了一句，心中感到好笑，本打算再朝夜雨深处望望，却猛地想起熟睡中的孩子，担心他们受了风寒，急忙轻轻关了窗户，在淅淅沥沥的雨声中，继续忙碌起来。

对彭静智而言，这又将是个"孤灯挑尽未成眠"的夜。

此时此刻，在北京城南的南苑军营内，入伍快三个月的佟麟阁也没能入睡。他刚刚从哨位上回来，春夜的凉意以及对家人的思念，令他毫无困意。同屋的新兵们都已沉沉睡去，鼾声此起彼伏，显得十分香甜，也十分热闹。窗外，夜色沉沉，苍穹中既无星星也无月光，好像快要下雨的样子。是该下点儿雨了，春雨贵如油啊！也不知边家坞那里下雨了没有，家里的地种了没种，唉，无论如何，就是辛苦父母和静智了。

浓厚夜色中，有百般思绪悄悄探出，将佟麟阁团团缠绕，让他翻来覆去难以成眠。

令佟麟阁稍感欣慰的是，两个多月来，他在军队里学了很多东西，认识了很多志同道合的战友，更有志存高远、爱国爱民爱兵的长官冯玉祥，使他有一种类似于家的归属感。望着黑漆漆的屋顶，佟麟阁突然笑了，他想到了报名参军的那一刻。随着冯长官从直隶省来到北京时，部队还没有正式编队，先是在南苑军营里进行了为期五天的训练，还要学习爱国与道德课程。那段时间，包括佟麟阁在内，新兵们都尚未配发军装，更没有武器，一个个蓬头垢面，衣衫褴褛，走到大街上，呼呼啦啦，像是一群丐帮弟子，老百姓看了直笑话。连冯玉祥自己都说："我如今就像一个花子头！"现在好了，大伙儿都穿上了新军装，别看是土布做的，但小伙子们一个个腰板拔得很直，眼珠瞪得很大，瞧着精神多了。更让佟麟阁自豪的是，由于训练刻苦，成绩优秀，长官一直在表扬他，号召身边的战友都向他学习——实现自我价值，被人认可的感觉真好。

佟麟阁呀佟麟阁，你既然选择了远离家乡、远离亲人，既然选择了投笔从戎，就一定要干出点儿成绩、成就一番事业，为国为民效力，守护脚下这片土地的安宁，否则，将来是无颜面对家乡父老尤其是妻子彭静智的！想着、想着，总算有困意化作小小的瞌睡虫，悄悄地、轻轻地飞进了佟麟阁的脑海，令他舒缓地打了个哈欠，头一歪，香甜地睡去了。

这一夜，他做了个梦，梦见自己穿着笔挺的军装，扎着崭新的武装带，背着一杆枪管乌亮的"汉阳造"，英姿勃勃地出现在自家门口，父母、妻儿见他回来，高兴得合不拢嘴……

作为个性鲜明的一位将领，冯玉祥带兵十分灵活，既爱兵如子又军纪严整。为了让文化水平普遍不高的新兵牢记训练要领，他亲自编了《战斗动作歌》《射击军纪歌》和《利用地物歌》，不仅形象生动，而且朗朗上口，新兵们掌握得很快，尤其像佟麟阁这样读过几年书的人，更是理解深刻，能够学以致用。佟麟阁的表现突出，受到官兵们一致好评。

作风如此严明的军队，人才很容易得到重视。

入伍不到三个月，佟麟阁就被提升为什长，也就是班长。但他并没有自满，而是在协助长官带兵的过程中，事无大小，经常查找自身不足，时刻做好表率。尽管曾随舅父读过几年书，也在县公署当了三年缮写员，但佟麟阁非常清楚，自己的文化水平还有待提高，要想将来为国为民做出一番事业，没有知识肯定不行，为此，只要有机会，他就积极地去结交一些有知识的人，聆听他们对家国天下的真知灼见，以开阔自己眼界，增长自身才干。

在紧张的训练和学习中，日子一天天向前翻滚着，似乎没有停下来小憩的那一刻。广袤的华夏大地上，虽然清政府垮台，中华民国临时政府成立，袁世凯也在北京就任了临时大总统，仿佛革新就在人们眼前挥手，美好的前景指日可待，但事实上，外国侵略者依旧对中国虎视眈眈，各路军阀也都各自揣着自家小算盘，汉奸更是肆无忌惮地出卖着国家和民族利益，广大民众依旧生活在水深火热中。

一个云淡风轻的日子，佟麟阁带着本班两个士兵上街办事，穿梭在喧闹的街市上，看着人来人往，军营中绷紧的神经渐渐放松下来，佟麟阁心情很不错。然而，正当他开心地东瞧西看时，却发现道路两旁每隔几步远就有一两个乞丐，或蹲或坐或卧，形容枯槁、衣不蔽体，眼神中满是麻木与绝望。望着这些可怜的人们，佟麟阁很有心帮上一帮，但他能帮一个还是两个啊？心有余而力不足的感觉，令他猛然发觉自身的力量实在太渺小，像一滴水落到沙漠里，这让佟麟阁十分难受，整整一天，都闷闷不乐。

　　我的中国啊，你什么时候才能真正强大起来？

　　这一追问，在他心头久久盘桓着，最后积郁成磐石，重重地压在了那里。

　　半年之后，部队军训结束，佟麟阁所在的前营部队开往了北京西郊的三家店，执行守护军械局的任务。在此期间，冯玉祥又为官兵编纂了一本《精神书》，分"道德精神""爱国精神"和"军纪精神"三部分，内容都是格言式或语录式的条目，如："古今英雄，百战而不死，非是怕死，乃是真不怕死。"佟麟阁和所有人一样，朝夕诵读，烂熟于心。站岗执勤的任务相对单一，作息也规律，这让佟麟阁有了更多时间充实提高自己。由于他在军政各方面表现优异，且为人正直谦和，很快又被提拔为右哨哨长，也就是副排长。

　　在军队中，佟麟阁勤奋好学、自律克己，深得战友们支持，也很受上级赏识，被提拔很快，入伍仅仅两年的时间，二十二岁的他就担任了第16混成旅第1团第3营第2连的连长，随旅长冯玉祥驻防陕西。也就在这一年的7月底，人类历史上第一次世界范围的战争爆发了。

炮火连天，哀鸿遍地。

整个世界陷入混乱之中。

乱世多贼子。

《辛丑条约》签订后，日军就借口"护侨""护路"，在平津一带驻军。1914年9月，日本又借口对德作战，出兵强占了胶济铁路沿线及青岛，接管了德国在山东的势力范围，进而又向袁世凯提出了"二十一条"，妄图将中国变成日本的殖民地，并以此作为支持袁世凯称帝的交换条件。

对我泱泱华夏而言，这是丧权辱国的"二十一条"。

而对袁世凯而言，这却是实现其权力欲望的"二十一条"。当时，尽管他已经集大权于一身，成为终身大总统，但国内环境并不安定，各地革命党人的活动如火如荼，这令一心想集权统治的袁世凯寝食难安。狡猾的日本人正是抓住了他这一心病，提出只要袁世凯答应日方要求，他们就可以保证其政府的安全，并协助袁世凯打压革命党人。在一己私欲的诱惑下，袁世凯政府真的接受了这一卖国的"二十一条"。

消息传开，举国震惊。

像压抑太久的岩浆，中华民族反抗日本帝国主义侵略的意识彻底觉醒，中国人民的怒火彻底迸发，各大城市爱国团体奔走呼号，集会游行，誓不承认卖国的"二十一条"。上海各界召开万余人参加的国民大会，多地工人举行大罢工，青年学生组织团体走上街头，呼吁抗日救亡，掀起了规模宏大的抵制日货运动……已经身为连长的佟麟阁得知"二十一条"的消息后，更是怒不可遏，立即下令全连集合。匆匆赶来的士兵们见连长一脸怒气，以为又有哪个兵违反了纪律，要开大会惩处，百十来号人的会场鸦雀无声，只待连长发话。

佟麟阁先是严肃地扫视了一下众人，见每个人都在望着他，便沉默片刻，突然将手中的报纸举起来，大声喊道："弟兄们，今天将大家集合起来，不为别的，就是想让大家知道，日本人欺人太甚……"接着，他向士兵们详细介绍了这起轰动全国的政治事件。

这些士兵大都是穷苦人出身，入伍当兵无非是为养家糊口，文化素质高的并不多，但在冯玉祥以及佟麟阁这样的爱国军官的教导下，朴素的爱国主义思想还是有的。此刻，听了连长的话，他们顿时群情激愤，一个个摩拳擦掌，表示要跟日本人干一仗。

"弟兄们，大家安静一下。"佟麟阁做手势让士兵们冷静，"我和诸君的心情一样，恨不得现在就上战场杀鬼子，但是……"他的神情愈加严肃，士兵们目不转睛地盯着自己的长官，"现如今，我们中国积贫积弱，实力不济，诸君作为军人，只有下定决心搞好训练，增强杀敌本领，随时准备上战场……总有一天，我们定会将鬼子赶出中国去……"

从这一刻起，佟麟阁所在的部队，开始了以日本侵略军为假想敌的军事训练，作为连长的他，更是坚定了一个信念——将来肯定会跟日本人在战场上刀枪相见，到那时，一定要让鬼子兵尝尝中国军队的厉害。

一颗充满爱国热情的心，在佟麟阁的胸腔里跳得愈加剧烈。

讨 逆 护 国

在旧军队，很少有官兵平等的思想，尤其到了军阀时期，官大一级压死人的现象十分严重，几乎所有军阀部队都如此。然而，滚滚浊流中，冯玉祥的部队却独树一帜，清流澈澈。在冯玉祥大力倡导并率先垂范下，官兵平等的观念渐渐深入人心，且得到了很好的贯彻。冯将军的民主爱国思想，受到世人的称赞。周恩来总理曾在悼念冯玉祥时称："冯玉祥将军是一位从旧军人转变而成的坚定的民主主义战士；虽然和所有的历史人物一样，由于政治视野的局限，在他身上不可避免地存在这样那样的缺陷，但是，瑕不掩瑜，冯玉祥将军为中国民主事业的贡献，将是永垂不朽的。"

受冯玉祥的影响，加之佟麟阁本人思想进步，民主意识也强，当了连长之后，他更是以身作则，给周围的官兵起到了模范作用，得到了士兵们的拥护。军官爱护士兵，不打骂，当亲人，这是佟麟阁一直要求下级军官更要求自己做到的。

1915 年初夏，冯玉祥率部进入四川。

1915 年 12 月 12 日，袁世凯倒行逆施，在北京称帝，遭到全国人民和各方势力的反对。蔡锷和唐继尧在云南宣布起义，发动护国战争，讨伐袁世凯。贵州、广西相继响应。冯玉祥的部队也参与了护国战争。在重重打击下，袁世凯被迫宣布取消帝制，并于 1916 年的夏天抑郁而终。

在护国战争中，佟麟阁随部队参加了多场战斗。作战时，他足智多谋，执行命令坚决，带领连队作战勇猛，在一场场你死我活的厮杀中，自身军事素养得到了很大提高，他的爱国思想也得到了进一步加强。战场上，枪林弹雨，杀来杀去，双方都是中国人，争夺的都是一己私利，这是佟麟阁最不愿看到的景象。他渴望为国家、为民族打仗，参加一场反抗外来侵略的战斗。

1916 年 6 月，冯玉祥率领陆军第 16 混成旅从陕西西安来到河北廊坊，驻守东营盘。老百姓早就听说过冯玉祥的大名，纷纷拥向街头，敲锣打鼓，鸣鞭放炮，热烈欢迎。冯军纪律严明，与百姓如同手足，廊坊一带的人民得以安居乐业。

在廊坊整训期间，作为一名基层指挥官，佟麟阁与士兵们整天摸爬滚打在一起，真切体会到了士兵们的不易。尤其是由四川北返途中，部队的弹药给养皆需人背马驮。"蜀道难，难于上青天。"行走在崎岖的山道上，士兵们极为辛苦，稍有不慎，就可能脚下一滑，命丧悬崖。当时，佟麟阁没搞特殊，跟大家一样，也是肩扛重物行军跋涉，在这个身心皆得到历练的过程中，他更为深刻地理解到官兵平等对提高士气的重要性。

如今，部队总算驻扎下来，佟麟阁决定趁此机会进一步拉近与士兵们的关系。

这天傍晚，操练一天的士兵们正准备吃饭，列队进了饭堂，发现连长佟麟阁也坐在士兵们的饭桌上，有位排长见了，很是吃惊。那时，连以上干部都是吃小灶的，今天连长竟然要跟大家一起用饭，莫非是有什么事？

"连长，您怎么坐在这了？"这位排长问。

"吃饭啊。"佟麟阁笑着说，示意他坐下。

"您哪能吃这个呢？"排长扫了一眼桌上的粗茶淡饭说。

"怎么，你们吃得，我就吃不得？"佟麟阁笑着盛了一碗糙米饭，就着咸菜大口嚼起来。

士兵们见状，也纷纷拿起了碗筷，再也没有过去那些埋怨饭菜粗糙的声音了。

佟麟阁取消小灶跟士兵一起用饭的事情，很快在部队中传开，最初还有几位连长嗤之以鼻，认为他不过是做做样子，坚持不了多久。谁料想，佟麟阁不仅坚持了下来，而且始终如一。这件事最终传到冯玉祥的耳朵里，为辨真伪，他抽了个机会，在没打招呼的前提下，亲自到佟麟阁的连队视察了一番，眼见果真如此，立即对佟麟阁官兵一致的做法大为赞赏，并在所属部队迅速推广开来。

从此，作为一位年轻的基层指挥官，儒雅而坚忍的佟麟阁，进入冯玉祥的视线，冯玉祥不仅对他赏识有加，彼此也建立起密切的私人关系。

驻训廊坊期间，见佟麟阁练兵有方，各项工作极为优秀，是个值得着重培养之人，冯玉祥开始对其关照有加，还特意批准他回了趟故乡边家坞。

阔别几年，归心似箭。但是，重新踏上边家坞村这片熟悉的土地，佟麟阁无奈地发现，家乡没发生什么改变，道路依旧泥泞难行，房屋依旧低矮破烂，人们依旧穷困潦倒……这一切，深深刺痛了佟麟阁的心。他终于意识到，要想让家乡父老、让全国百姓过上好日子，必须有一支过硬的强大的军队，才能将外部势力驱赶出去，才能让四分五裂的国家重新统一，才能给人们一个安居乐业的和平环境。

天下不太平，国家难建设。

在冯玉祥的关照下，佟麟阁将妻儿从老家接到了廊坊，但回想起在高阳见到的一幕幕情形，他痛定思痛，将全部精力都投到了练兵之中，并开始有意识训练自己的战略思维，为以后实现更大的理想抱负做着准备。

这是一个城头变幻大王旗的混乱时代。

这是一个让善良人们无所适从的时代。

袁世凯倒台后，段祺瑞接手了北洋政权，但中华大地依旧群雄割据、风雨飘摇。因对冯玉祥心存不满，最终段祺瑞找个借口，利用手中权力将冯玉祥调离了其所在部队。佟麟阁对此极为愤怒，但他位卑言轻，也只能扼腕叹息，无可奈何。

转眼到了 1917 年的初夏，在历史的长河中沉沉浮浮的北京城，再次遭遇了劫难，起因仍是北洋集团内部权力斗争导致政治分裂，出现了黎元洪与段祺瑞的"府院之争"，其间段祺瑞勾结日本人，而黎元洪却抱上了英国、美国的大腿。这群并非民意选出的统治阶层的人物，只顾派系私利不顾国家存亡，将北京城又推到了风口浪尖上。

眼见与段祺瑞的矛盾难以解决，黎元洪决定电召安徽督军张勋入京调停。

这正好给了心怀鬼胎的张勋一个率部进京的机会。

6 月，张勋带领几千"辫子兵"入京，随即急电各地清朝遗老进城，以"襄赞复辟大业"，将清朝复辟的闹剧在北京这座古老的城市上演了一遍。6 月 30 日，张勋在清宫召开"御前会议"，并于第二天将黎元洪撵走，将十二岁的溥仪抬出来，宣布复辟，改称此年为"宣统九年"，并通电全国改挂龙旗，他自任首席内阁议政大臣，兼直隶总督、北洋大臣……

消息传开，举国哗然，世人皆怒。

廊坊，第 16 混成旅驻地。

一场暴雨刚刚结束，树木新绿、野草葱郁，泥泞的营区里少有的凉爽。然而，在第 3 营的营部，气氛却正像烈日当头，炙得人十分焦灼。营长李鸣钟将宋哲元、佟麟阁、韩复榘、刘汝明等人召集在一起，商议反对张勋复辟的办法。

这群正值青壮年的汉子们啊，为国为民不可谓不煞费苦心。尽管他们因视野原因，思想有所局限，但在这一刻，在他们正处于激情燃烧的时刻，他们的那份爱国之心，却是真诚的、炽热的。他们对身上这身军装的认识，是朴素的，是坚定的——既然身穿军装，就要为国尽忠。这个国，不是哪一个人的。

众人你一言我一语，讨论进行得十分激烈。

佟麟阁却一直沉默不语。其实，他的内心早已翻江倒海。本来，腐败的清政府倒台，民主思想开始渐入人心，希望仿佛就在前方不远处招手，对此，佟麟阁是兴奋的，是期待的，满以为中国的状况会一天天好起来，待到天下太平时，他就可以带着妻儿重回高阳县，用自己的聪明才智为家乡建设贡献一份力量，可谁曾料到，这个该死的张勋，竟然来了这么一出闹剧。

"捷三啊，你发发言嘛！"宋哲元在一旁说道。

"好，那我就说两句。"佟麟阁站起身来，看了看在座的各位同仁，表情郑重地说，"目前，我们最关键的问题是缺乏号召力与凝聚力，"见有人在微微颔首，有人在直视自己，佟麟阁稍做停顿，继续说，"我以为，当务之急是请老旅长出山，他不求功名利禄，一心护国为民，由老旅长来带领部队反复辟，是我们唯一的选择……"

佟麟阁的话不多，但态度明确，句句说到了点儿上，众人纷纷给予高度评价，并最终达成一致，马上派人前去天津，接老旅长冯玉祥出山。

众人拾柴火焰高。很快，冯玉祥回到廊坊旅部。

张勋的倒行逆施，毕竟不得人心，在极短的时间内，各路讨逆大军迅速汇成一股强大洪流，浩浩荡荡向北京涌去。

1917年7月5日凌晨4时，讨逆军东路8师一部在廊坊、万庄之间与"辫子军"首次接战。"辫子军"一击即溃，退往丰台，讨逆军追至黄村以北。同日，西路3师吴佩孚旅乘火车北上，占领涿州、良乡，直抵卢沟桥。6日，东路冯玉祥部追击"辫子军"至丰台以东。同日，由南苑航空学校组成的讨逆航空队轰炸了丰台"辫子军"的阵地。7日正午，讨逆军占领丰台。同日，西路3师占领协寨、跑马场等地。8日，张勋命令外围的"辫子军"全部撤到北京内城，集中驻扎在天坛、紫禁城一带。12日凌晨，讨逆军和"辫子军"在天坛发生激战，双方交锋不久，"辫子军"就溃不成军，纷纷举手投降。

讨逆战争到此结束。

在这一过程中，佟麟阁怀揣一颗真挚的爱国心，带领全连官兵可谓是执行命令坚决，作战行动勇猛，大大鼓舞了部队士气，成为冯玉祥麾下一名难得的骁勇战将。讨逆之战结束后，佟麟阁被擢升为副营长。

乱世飘摇

历史洪流，滚滚向前，个人，有时就像一根草、一颗沙，不得不随波逐流，即便一根有思想的稻草、一颗有灵魂的沙粒，想要做出努力，想要激起浪花，也总是显得苍白无力。但是，千万根稻草、亿万颗沙粒凝聚在一起，情况就大大不同了。

积少成多，众志成城。

在军队里，随着时日延续，佟麟阁已经积聚了一些力量，但此时的他，尽管心存大志，仍无法与大局走向做抗争，唯一能做的，只有加强手下部队的训练，培育官兵们的爱国意识，同时努力提高自身的作战指挥能力。

多读书，读好书；多训练，训好练。

练好士兵，练好自己。

像一匹不断补充养分的战马，佟麟阁在等待着驰骋疆场的那一刻早日到来。

1920年的秋季，冯玉祥率部进驻了信阳。

直系军阀吴佩孚以冯部既不是直系，又没有参加直皖战争为由，不给第16混成旅的官兵发薪饷，导致全旅上下生活极为困难。在这种情况下，冯玉祥带头吃糠咽菜，且要求各级严抓部队作风纪律。此时，二十八岁的佟麟阁已担任旅属第4团第2营营长，手下有几百号的官兵，面对如此严峻的现实情况，身为营长的他，非常清楚，如果这个艰难阶段部队管理不好，很容易出现扰民甚至兵变。为此，他坚决贯彻冯玉祥的带兵方针，教育官兵恪守军人操守，提出"饿死事小，失节事大"的口号，并以身作则，带领全营官兵严守军纪，同甘共苦，共渡难关。

佟麟阁所带的第2营，官兵驻地与信阳百姓的住所交织在一起，情况很复杂，但由于他带兵严格，教导有方，手下的官兵没有出现一起扰民乱民之事，受到当地百姓的称赞。人们从最初的观望，到彼此渐渐接触，终致从内心接纳了这支不同于其他军阀部队的队伍。开始有人主动帮助官兵们解决一些实际问题，甚至帮助士兵们缝补破旧的军装，官兵们也常为百姓做些力所能及的活计，一时军民鱼水，其乐融融。

这时的佟麟阁，跟士兵一样，经常饿得前胸贴后背，但心情是舒畅的，人是有精神的，他再次感受到了与民众站在一起的那种幸福感、力量感。他深信，只要全中国的部队都能将老百姓的利益放在首位，那么定将是一支战无不胜攻无不克的雄师劲旅。到那时，还有哪个国家敢欺负中国，还有哪个洋人敢欺负中国人？他的眼前，又浮现出在中国大地上耀武扬威的日军形象，不由得怒从心头起……佟麟阁暗暗发誓，哪怕遇到再多困难，也要将部队训练好，将士气提上来，做好准备，等待与侵略者在战场上决一死战。

然而，在当前这种动荡的局势下，佟麟阁不得不跟随冯玉祥南征北战，为部队的存亡而苦苦求索。

1921 年，冯部进驻陕西，不久后，扩编为陆军第 11 师，
佟麟阁任改编后的第 1 团第 2 营营长，团长为宋哲元。

1922 年 5 月的一天，不知从哪一刻起，太阳被厚厚的
云层严严实实遮挡了，天空变得阴沉而压抑，更有妖魔般的
黑云在天边翻涌……看情形，老天爷正在酝酿一场大雨。远
处，炮弹爆炸的声浪此起彼伏，似乎要将大地掀翻，把天空
炸出窟窿。佟麟阁双手举着望远镜，盯着远处的敌方阵地观
察了好一会儿，见对方暂无动静，于是放下僵硬的双手，仰
头看了看天空，内心深处叹了一口气。

佟麟阁呀佟麟阁，这中国人打中国人的日子，何时才能
结束啊？！

恍惚间，他有点儿怀疑身处何方了。

尽管南征北战十来年，大大小小的战斗也经历了无数次，
尽管只要有空闲就读书、练字，经常与进步的知识分子接触，
学了不少，懂了不少，视野也开阔了不少，但如今的佟麟阁，
仍无法将眼前的形势辨别得一清二楚，只能依照军人的直觉，
履行着军人的职责。有些事情，他无法左右，常常有一种无
奈感在心头萦绕。眼前的这场战斗，他只知道是直系与奉系
之间的厮杀，是中国人与中国人之间的厮杀，至于这背后更
深层的根源，他是局中人，无法跳出来，无法从全局的视角
分辨清楚。

彼时，政治舞台乌烟瘴气的中国，已成为帝国主义列强

眼中的一块肥肉，谁都想上来咬一口。为了争夺在中国的利益，列强们积极扶植各派军阀争夺地盘、扩充实力，导致了第一次直奉战争爆发。一个月前，冯玉祥以"助直战奉"为名，率部离开陕西进入河南，并任命佟麟阁所在营为先头部队。

此时此刻，佟麟阁站立的地方，正是郑州城外的战场。

好像有一丝风掠过，不远处，那棵杨树的叶子开始晃动起来，像有无数只手在有气无力地摆动。佟麟阁愣怔片刻，将思绪又迅速拉回到了战斗中。对方的一次冲锋刚刚被击退，显然在做下一次冲锋的准备，眼前的形势，不允许他的思绪纷飞。

该出手时就要毫不犹豫地出手，一场战斗的胜负，士气至关重要——狭路相逢勇者胜！佟麟阁果断决定，发起反冲锋，以最快的速度结束战斗。

不用雷霆手段，怎显菩萨心肠？

以迅雷不及掩耳之势击败对手，结束战事，才是对生命最大的珍视。佟麟阁迅速传令下去，让全营官兵做好反冲锋准备。由于平日里训练严格、教育得力，佟营的战斗力很强，这让佟麟阁信心十足。

战斗打响了，子弹疾风骤雨般在阵地上狂泻，眼见一个个奔跑的身躯突然倒下，生死大事在这里就像是无关痛痒的虚幻，佟麟阁的心都快碎了。为了尽快结束战斗，他也冲出指挥所，开始靠前指挥。就当他隐蔽在那棵杨树后面观察敌情时，突然一颗子弹击中了他的左肩，旁边的勤务兵吓了一大跳。

"营长！"勤务兵大喊了一声。

"死不了，喊什么喊！"佟麟阁一把将勤务兵也拽到了树后。

勤务兵这才看清，那颗子弹只是从营长的肩头擦了过去，将衣服穿了个洞，皮肉被擦伤一块。"我帮您包扎！"勤务兵说着，就要帮忙。

"别管我了，去，告诉三连长，从右翼包抄过去！"佟麟阁说罢，也冲向了敌阵。

阵地上，喊杀声盖过了世间所有动静，连天空中翻涌的黑云都似乎被吓得停滞了。

这年的年底，佟麟阁随冯玉祥离开开封，进了北京，部队驻扎在通州和南苑等地，冯玉祥的办公地设在北京城内的旃檀寺。此时，佟麟阁因在前段时间的战斗中作战勇敢、屡立战功，已被冯玉祥提拔为上校团长。

在将近两年的时间内，北方再无大的战事。佟麟阁及其所属部队，在冯玉祥的统一指挥下，兵员得到了新的补充，而且有时间进行了很好的休整与训练。想当年，为了追随冯玉祥，佟麟阁由高阳赴青县入伍，之后就追随长官一路东征西讨，从一个小兵干到了团长，如今的他，早已赢得了冯玉祥的信任，而他自己，更是对冯将军极为崇敬，他感激冯玉祥，相信在他的带领下，自己一定能实现为国作战、为国尽忠的夙愿。为了这一目标，佟麟阁抓紧一切机会锻炼充实自己，并对所属部队进行了严格的训练。

宝剑锋从磨砺出，天天读书看报写大字的佟麟阁，对此有着深刻的理解。

为了尽快提高部队的作战素质，他常常亲自给官兵们做示范，一个堂堂的上校长官，像个士兵那样在训练场摸爬滚打，从瞄准、投弹、射击、利用地形地物等各种基本动作做起，给官兵们一一示范讲解，不但动作干净利落准确，而且所讲要领深入浅出言简意赅，即便是没文化的士兵都听得懂。

有一次，佟麟阁正在训练场巡视，突然发现有位排长训斥一个新兵，于是走了过去。

"怎么个情况？"佟麟阁和颜悦色地问。

"报告团座，这家伙胆子太小，不适合当兵。"排长见团长问话，急忙立正答道。

佟麟阁笑了笑，示意排长放松，而后缓步走到那个新兵面前，笑着问："小伙子，你们排长所说可是真的？"

那新兵早已紧张得脸色苍白，哆嗦着嘴唇嗫嚅半天，也没说出个所以然来。但佟麟阁已经明白，这小伙子的思想代表了一部分新兵，怕上战场，怕与敌人面对面交锋。他想了想，对那个排长命令道："将所有新兵都集合过来。"

排长迅速执行了命令。很快，新兵们列队完毕。

让眼前的新兵归队之后，佟麟阁在队列前轻松地踱了几步，待所有目光都聚焦到自己身上，才笑了笑，清清嗓子，说："当兵打仗，这没啥可说的。但是，平时松松垮垮，训练时不想多流汗，战时只能多流血！"眼见新兵们都在聚精会神地听，佟麟阁不急不缓地继续讲道，"要想保家卫国，就要练好杀敌本领。俗话说，艺高才能人胆大，一个优秀的射手，遇到十个敌人从距他两百米的地方猛扑过来，怎么办？跑，只有死路一条。其实，他完全可以不必畏惧，因为……"见新兵们一脸的诧异，佟麟阁不慌不忙地解释说，"因为，在战地跑步比不了平时，两百米的距离需要约一分钟，作为优秀射手，一分钟内可以连续射击十发子弹，这十发子弹若弹无虚发，十个敌人尚未到近前，就已全部被消灭，他还有什么可怕的呢？"

新兵们都笑了。

"所以说，我们必须练好杀敌本领！"佟麟阁高声喝道。

新兵们顿时群情激奋。

正如佟麟阁所料，在这个各方势力割据混战的年代，和平时间对于部队而言，是少之又少的。第二次直奉战争很快又打响了，最终以奉系失败而告终。之后不久，冯玉祥所属部队改组为中华民国国民军，大家推举他为总司令兼第1军军长。这次军队改组，佟麟阁被任命为第11师21混成旅少将旅长，师长为宋哲元。

而此时的佟麟阁，已经三十二岁，膝下有了一子三女。

但是，安宁幸福的家庭生活，仍不属于他这个职业军人。面对军阀割据、混战不止局面，佟麟阁愈发忧心忡忡，日本侵略者还在祖国的大地上肆意横行，中国人自己却在内讧，在相互残杀。内忧外患的祖国啊，你何时才能安宁？

1925年8月，冯玉祥担任了甘肃军务督办，仍兼任西北边防督办。在此期间，他所领导的西北军接受了共产党人和苏联专家的大力帮助，建立起各种军事学校。同时，一大批共产党人也来到了西北军，从而推动了部队的正规化建设，并扩大了编制。

这一年佟麟阁升任扩编后的步兵第4师师长。

三十三岁的他，为民尽义、为国尽忠的羽翼逐渐丰满。

将军令（二）

在高阳县城的东南角，也就是商贸大街由北向南的出城方向，过了与向阳路的交叉口，继续南行大约四百五十米，道路左侧有条一车多宽不是很深的巷子。巷子里很静，突然从人车如潮的商贸大街拐进来，给人一种别有洞天的感觉，那一车多宽的巷子口，似时空隧道，将两个不同的世界用无形的屏障切割开来。

喧嚣与寂静，繁华与肃穆，就这么极和谐地彼此相融。

沿着巷道，车子又朝前走了大约八十米，找了处稍显宽敞的地方，我停了下来，打开车门——不用边镇江老师介绍，我已经看清"高阳县烈士陵园"几个鎏金大字，以及通体红漆的牌坊式大门。

我正在走进历史。

在两位老师的带领下，我怀着崇敬之心，脚步轻缓地进了陵园。二十多米远的地方，迎头就是一面一字影壁墙，白底墙面上写着八个大字：为国牺牲，永垂不朽！院里比外面还要肃静，除去停放的几辆轿车外，就只有南墙根处一位正在打扫卫生的大姐了。

"忙着呢？"边镇江老师对大姐说。

"不忙。你这是……"显然，大姐和边老师很熟。

"来个朋友，带着拜谒一下陵园。"边老师解释说。

"烈士陵园，是要多来的……"大姐接话道。

边老师又跟大姐攀谈了几句，就顺着影壁墙左侧的一个小门，将我和韩老师引进了陵园。

顿时满目的苍松郁郁、翠柏葱葱，园中小径两侧的冬青长有半人多高，每片叶子都像被细细擦拭过，油亮油亮的，阳光从树冠的罅隙中照射下来，令这些绿叶闪烁出魔幻般的光芒，而冬青里侧那一片片面积不大却长势良好的草地，更是在袅袅水汽的笼罩下，氤氲朦胧，娇嫩青翠，给人一种如入圣境的感觉。

"在这么繁华的地段，有如此宁静的一片天地，真是难得。"我由衷赞道。

"都是烈士，理应如此。"边老师在前面走着，似乎在回应我的话，又似乎在自言自语。

再前行不远，眼前豁然开朗，迎面出现一座纪念碑，上又书八个大字：革命英雄，永垂不朽！碑体简洁庄严，字迹遒劲有力，令人肃然起敬。心情亦瞬间凝重起来，再也无意去欣赏周围那些花花草草了。倏地，脑海中闪现出佟麟阁将军的脸庞，那忧郁而坚毅的目光，似乎正在注视着我。将军，这庄严的陵园，您的魂魄是否也曾来过？是否也曾在这里找寻同仁，共话抗战时的壮烈呢？

"请跟我来。"边镇江老师的话，将我从纷乱中拽了回来。

此刻，我早已汗流浃背，若不是身处这绿园之中，想来会被闷热的空气窒息。见边老师依旧精神百倍，再想到彼此年龄之差，我不由得越发汗颜——若是抗战之时，哪管你阴天晴天，哪管你酷暑严寒，这点儿炎热就狼狈不堪，若是再面对你死我活的厮杀呢？那些为国尽忠的先烈啊，我对你们的崇敬，又加深了一层。

边镇江将我引到一座小亭子下。出现在我眼前的，是环绕竖立的几块石碑。我正要问，却看见了一块石碑上的"烈士芳名录"几个镌刻的大字，这里刻录的，均是抗战时期高阳县牺牲的壮士们。望着那一排排白色的姓名，我的心顿时安静下来，燥热也就悄然远离了。

当然先要找"边家坞"这几个字。

静心细看，很快寻到，接着就看到了如下名单：佟保僧、田顺、李羊子、李峻岭、李大尤、李大水、刘居、彭焕成、佟五珠、李仁合、李万息、李国祥……小小的边家坞村，为了民族大义，为了新中国的建立，你牺牲了多少英雄儿女啊！

我的心开始剧烈跳动，目光仍在碑文中执着搜索，一个个朴实的名字，迸射出耀眼的光芒，将这黑色的碑面点亮，令这个世界分外灿烂。

于是想到了佟夫人彭静智女士。

那是1926年的冬季，在北伐战争的紧要关头，佟麟阁所率部队连续作战近三个月，军饷不济造成了补给空前困难。在后方时刻关注战事的彭静智女士得知前线告急，寝食难安，毅然决定亲往前线送军饷。她将银圆缠在身上，将年幼的次子佟兵绑在背上，在勤务兵的陪同下，跨上战马，昼夜兼程，冒着枪林弹雨，穿过硝烟弥漫的战场，为部队送去了雪中炭。夫妻二人在战场上见面后，佟麟阁百感交集，洒泪下跪。众将士眼见此情此景，无不垂泪，振臂高呼：嫂夫人万岁！

是这块土地，养育了这对传奇伉俪！

这块土地上，又孕育了多少这般的英雄儿女？

我已知道彭静智的娘家是八果庄村，于是目光迅速在密密麻麻的碑文中寻找着，终于，我看到这个村庄的名字，以及紧随其后在抗战中献身的人们：邢胜、王辉苓、王纪、王胜利、庞法僧、王玉、邢大肥、王金禄、邢磨、邢容、庞骡、王银、邢山、王振宗……

这是英雄的土地，这是热血的土地，这是伟大的土地！

佟将军，我彻底懂了您。

正因对脚下这片土地的爱，您才甘洒热血，谱写春秋！

第三章　上下而求索

解甲归田

灯火，似乎总在摇曳。

眼前这摇摆的灯火，将彭静智的思绪又摇回了当年在边家坞老宅时的那些夜晚，也是这样飘忽不定的火光，也是这样黑魆魆的窗外，也是这样久久的等待，若不是炕头上正躺着几个酣睡的孩子，她真怀疑日子到底有没有改变，昨天以及那么多过往的时日，跟今天这一刻俨然没有区别。好在还有记忆，可以提醒她，日子已经过去了十几年，自己也已随军十几年。在这飞快逝去的十几年中，多少辛酸，多少苦痛，多少泪水与欢笑，她又怎能忘记呢？日子啊，你太过真实了，真实得反倒觉得有些虚假。

灯火闪了闪，暗淡了些。彭静智正要起身挑挑灯芯，房门忽然开了，佟麟阁裹着夜风走了进来。

"回来啦……"彭静智想去端热在锅里的饭菜，却被丈夫拦住了。

"我不饿，别忙了。"佟麟阁说着，将妻子手中拿着的线团接过来，轻轻放在了纺车旁边。一直以来，尽管彭静智和佟母随军生活，日子并不拮据，但只要有空闲，娘俩就会你坐在纺车前，我坐在织布机后，边聊天边纺线织布，或是夜晚两人对着烛火纳鞋缝衣，从不偷懒享清闲。这是佟家的规矩，哪怕是老家的亲戚朋友来投奔佟麟阁，他也要求大家必须自食其力。

此刻，见丈夫一脸的严肃，彭静智不明就里，急忙给佟麟阁沏了杯热茶，关切地问："外面是不是很凉？"

佟麟阁叹了口气："不是凉，是冷，这西北的秋天，比咱高阳可来得早啊。"

"今天这么晚回来，是不是又有啥事？"彭静智问。其实，随佟麟阁走南闯北多了，对于生活中的变化，她早就习以为常，只是今晚见丈夫的情绪实在低落，这才有些担心。

"夫人，你坐下。"佟麟阁拉了彭静智的手一下，待妻子坐下后，他缓缓地将配枪卸下，轻轻放在了桌上，"跟你说个事……"他欲言又止，目光朝漆黑的窗外扫了扫。

彭静智心里咯噔一下，紧张追问："怎么了？"

"我辞职了。"佟麟阁端起茶杯，轻轻抿了一口。

彭静智悬着的心又落回了肚里。她太了解丈夫了，这是一个有担当、有思想、有城府的男人，他选择辞职，自有他的理由，带兵打仗，脑袋别在腰带上，本就是个有今天没明天的差事，辞了也好，回高阳，回边家坞村，回到熟悉的土地上，种点儿粮食养几只羊，强过这天天南征北战的百倍。彭静智没再说什么，轻轻站起身，将丈夫脱下的军装仔细收拾了起来。

　　夜已深，妻子早就沉沉睡去，佟麟阁却困意全无，盯着黑漆漆的屋顶陷入了无限的思索。

　　追随冯玉祥多年，大大小小的战斗不知经历了多少，如今的佟麟阁，已是一位作战经验丰富、思维缜密、视野开阔的将领，但是，他能够带领千军万马驰骋疆场，却怎么也看不明白冯玉祥近几年的战略方向，或者说，他有些搞不懂冯将军到底在想什么了。

　　前年，自己率部参加南口大会战、五原誓师，在冯将军带领下加入国民党，解杨虎城西安之困……然而，进入去年以来，中华大地战事再起，似乎没有停歇的那一刻。先是蒋介石发动政变，成立南京国民政府，接着是冯将军率部与武汉国民政府合作，部队改编为国民革命军第2集团军，而后部队东出潼关，参加攻克洛阳、孝义，郑州之役、豫东大战，重创直鲁奉联军、与北伐军会师中原，自己又奉命率第11师进驻天水、坐镇陇南，担任陇南镇守使，平息张兆钾、黄得贵等残部，安定了西北军的后方，于乱世中励精图治，造福一方百姓，一切开展得虽说艰难，毕竟有所成效。可这纷扰的乱世啊，哪里容得人们片刻休养生息，今年年初，国民党南京政府再次北伐，冯将军不知怎么想的，又与蒋介石合作，让部队参与了这场战争，自己不得已，遵从将军的命令，开始率部转战豫、鲁、冀各省，后来又率领第11师进驻甘肃河州，才有了今天这个结局……佟麟阁越想心中越悲愤，恨不得抄起枪来，对着漆黑的屋顶打上一梭子，但他侧耳听听妻子轻轻的酣睡声，瞬间又释然了，强迫自己闭上了眼睛。

知我者谓我心忧，不知我者谓我何求啊！

令佟麟阁辗转反侧的事情，其实有诸多缘由，他是心知肚明的，只因身在其中，无法解决罢了。近几年，随着参与战事的增多，冯玉祥的西北军发展迅猛，在兵员与给养方面出现了不足，且由于所辖区域广、各部队驻扎分散，在管理上，冯玉祥也难免出现顾此失彼的问题。而任命国民军第2师师长刘郁芬为甘肃总指挥，代理督办职务，其造成的恶劣后果，更是冯玉祥始料未及的。为了巩固统治，同时给前线部队补充兵员与粮饷，刘郁芬在辖区内横征暴敛，竭力搜刮民脂民膏，挑拨民族关系，破坏民族团结，导致民怨极深。1927年秋，第17师师长赵席聘任河州镇守使，他与刘郁芬系姑表兄弟，在征兵要款上，采取的办法也很相似，并触犯宗教禁忌，引发了更深的民族问题。1928年，佟麟阁奉命率领第11师进驻甘肃河州时，他对刘郁芬造成的局面深恶痛绝，却已独木难支。当他的部队被西北军阀马仲英包围后，佟麟阁考虑更多的不是自身安危，而是如何尽量化解民族矛盾。眼见佟麟阁率部节节退让，可是马仲英却步步紧逼，最终导致第11

师损失惨重。

为此，佟麟阁主动提出引咎辞职。

窗外，传来了呜咽的风声。佟麟阁在床上翻来覆去好一会儿，脑子里依旧乱糟糟一团，索性坐起身来，迟疑片刻，轻手轻脚地下了床，披衣来到窗前。外面漆黑一团，夜幕中别说月亮，一颗星星都没有，世界像是坠入了一个大墨缸。扪心自问，佟麟阁是舍不得离开部队的，可目前，他不得不走。连年的战事，尤其是中国人打中国人这一冷酷现实，早让他心生厌倦。他多么渴望能率部将枪口对准外来侵略者啊——日本人依旧盘踞在中国的几个要害之处，虎视眈眈地想再多咬上几口肥肉，可中国人自己却乱作一团，相互拼杀，这何时是个头啊？

越想，佟麟阁越觉得浑身发冷。

佟麟阁舍不得部队，官兵们也舍不得他。然而，他去意已决，任大家再怎么劝阻，还是动身了。临别之时，一起出生入死多年的弟兄们都落下了眼泪，佟麟阁同样心如刀绞，只是脚步没有停止。离开甘肃后，他和家人先是在兰州短暂停留，而后就一路返回了高阳县边家坞村。

一路风尘，几多时日，漫长行程将佟麟阁的苦闷排遣了大半，而阔别多年再次站在家乡的土地上，望着熟悉的一切，望着熟悉的乡邻，望着那一张张亲切的面孔，那些残留的郁闷也像一股无足轻重的风，被家乡父老的热情挤到了犄角旮儿。

"也好，可以在家踏踏实实侍奉一下双亲了。"

送走前来探望的亲朋故交之后，佟麟阁站在深秋的院中，望着满地秋叶，自言自语道。他已经做好了采菊东篱下的准备，心劲儿自然放松下来。此刻，妻子彭静智正隔着里屋的窗户望着他，见丈夫舒服地伸了个懒腰，打了个惬意的哈欠，又围着那棵老杏树转了几圈，像个天真的孩子，这情形，令她忍不住扑哧一声笑了。

在家清净几日后，这一天，眼见阳光明媚，秋高气爽，佟麟阁心情不错，信步走出家门，去了当年借阅县志的那位朋友家，打算叙叙旧。见他到来，发小和妻子喜不自胜，又是沏茶又是递水，唯恐招待不周。谁知，佟麟阁端起茶碗轻轻抿上一口，随即想起在家中喝茶的感觉，于是皱起眉，放下茶碗问发小："咱村这水怎么越来越难喝了？"

"可不是嘛，边家坞的水质本就不好，今年夏天又没下过透雨，村里的井不够深，就是对付着喝呗。"发小笑了笑，露出一口发黄的牙齿。其实，他与佟麟阁同龄，看面相却仿佛老了十来岁。

听了发小的话，佟麟阁不由得心中一阵发紧。多少年来，边家坞村的老少爷们儿在这块土地上辛勤劳作，盼望能过上衣食无忧的日子，可如今，非但没有实现富足，就连最基本的饮水都成了问题。佟麟阁呀佟麟阁，你无力改变天下大局，还没能力为乡亲们办点儿实事吗？想到这里，佟麟阁坐不住了，待了一会儿，他就起身告辞了。

回到家中，佟麟阁快人做快事，很快将村中管事的人们叫到一起，经过热烈讨论后，他笑着问大家："咱们村挖三眼井够不够用？"

"够啦够啦！"人们齐声道。

"好，活儿大家一起干，挖井的钱我来出。"

军人作风说干就干。为赶在冬天到来前将井挖好，佟麟阁和乡亲们忙碌起来，他不仅出钱出物，力气也没少出，一番辛苦之后，给全村挖了三眼水井。看着家乡父老终于喝上了甜水，佟麟阁比打了胜仗还欣慰。也就在这一刻，他愈发坚定了心中那个信念：无论是带兵打仗，还是为官一方，只有将老百姓装在心里，只有真正为老百姓谋福祉，才能成就一个人的事业，才能收获幸福与快乐。

转眼到了春节。

一场大雪过后，边家坞村里里外外都像披上了棉絮，看上去童话世界般干净绵软，令人情不自禁赞叹大自然的雄美。然而，佟麟阁却没有一丝开心的感觉，他深知，此时的中国就像被大雪覆盖一样，一切丑的、脏的、险恶的，还没有被彻底消灭，一旦积雪融化，仍会沉渣泛起。这些日子，他没事就在村子里拜访乡邻、查看民情，眼瞅着年三十要到了，许多人家连三十的饺子都没钱准备，这还怎么过年啊？年关、年关，没有钱，年就是关啊！想到穷苦乡亲们的艰难，想到穷人家的孩子到了除夕夜，连顿热腾腾的饺子都吃不上，佟麟阁心如刀绞。为此，他再次慷慨解囊，安排人为这些贫困乡亲每家送去了三块银圆。这一雪中送炭的善举，解了穷苦人的燃眉之急，让这些家庭传出了发自内心的欢声笑语。

好过的年，难过的春。

春节一过，春风一吹，春耕也即将开始。然而，村里很多人家穷得已经家徒四壁，人能糊口就很不错了，根本养不起大牲口。但犁地需要牛马啊，为了让大家有耕地的畜力，不至于影响一年收成，佟麟阁又掏钱买了一头耕牛，每天喂饱之后，让家人拴在门外的树上，并广而告之，有需要用的乡亲们自管来牵，用完后，再将牛拴回即可。这一举措如及时雨，解决了很多农户的大难题，人们纷纷对佟麟阁竖起大拇指。

虽然干了几件回报乡里的善举，但佟麟阁觉得可做的事儿还有很多。他发现村里没有小学，于是又自掏腰包，张罗着办起一所小学，从规划到建设，始终亲力亲为。很快，一座结实、宽敞的学校拔地而起，让边家坞和附近村庄的孩子们有了上学的地方。

开学的那天，佟麟阁很高兴，早早就站到了校园门口。可是，当他看到来上学的孩子们大都衣衫褴褛时，心像是被谁狠狠地捏了一下，很疼。没有犹豫，佟麟阁立即派人到高阳县城买回一车直贡呢，给每个学生缝制了一身新衣服。看到孩子们都穿上新衣裳喜笑颜开去上学时，佟麟阁的心里才熨帖了些。他对乡亲们十分慷慨，自己和家人却依旧每天粗茶淡饭，极为节俭，从不浪费一粒粮。但佟麟阁和家人的心里舒坦，日子过得倒也香甜。

这一日，佟麟阁难得悠闲，站在院中端详那棵老杏树，杏花怒放，幽香袅袅，令人心旷神怡。他正打算凑近一簇花朵闻一闻，突然从院外进来一个军人，再细打量，原来是老部队的人。

"长官，冯将军给您的信。"来人毕恭毕敬地将一封信递到了佟麟阁手中。

混 战 旋 涡

1928 年 5 月，蒋介石率部二次北伐，日本帝国主义害怕中国实现统一致其侵略计划落空，因此挑起事端，在山东制造了惨绝人寰的济南惨案。为实现一己野心，蒋介石放弃了抵抗。而日本也逐渐从"帝国主义列强"的群像中走出来，在中国人民心中日渐清晰地成为面目可憎的头号敌人。

国难当头，国民政府内部却貌合神离，各地方割据势力弃民族大义于不顾，首先想的是如何保存实力，扩充自己。1929 年 1 月，在南京政府举行的全国编遣会议上，西北军失势，冯玉祥遂与蒋介石分裂。

三十七岁的佟麟阁，如今已是六个孩子的父亲，家庭的温馨让他愈加理解了和平的可贵，他多么渴望各方势力结束内讧一致对外，将外国侵略势力全部赶出中国去，尔后集中力量建设国家。在这种心态下，受冯玉祥之邀重返军中后，佟麟阁多次向老上司进言，劝其不要再参与混战。然而，冯玉祥是个家长式作风很浓的将领，很难听进下属的意见，佟麟阁的劝说并未起到任何作用。面对这种回天无力的局面，佟麟阁十分痛苦，他能做的，只有尽己所能，将所担负的任务完成好，将所管辖的区域治理好，以减轻一方百姓的生存压力。

在接下来不到两年的时间内，中华大地上继续战火纷飞，硝烟弥漫，生灵涂炭。

蒋桂战争、蒋冯战争、蒋唐战争、中原大战。战战战、打打打、杀杀杀，战的是手足，打的是兄弟，杀的是同胞。

到了1930年的冬季，西北军彻底分崩瓦解，被蒋介石改编。其中宋哲元部被东北军收编为第29军。作为冯玉祥的部将，佟麟阁一度被动参加了国民党各实力派之间的混战，最终也被解除职务，再次离开了军队。在冯玉祥众叛亲离的境况下，为人忠厚的佟麟阁，并未随波逐流，放弃老上司以求自保，而是选择继续追随，携家眷由陕西进入山西，陪同冯玉祥来到阳泉，不久又前往汾阳峪道河的一个小山村隐居。

自从1929年再次离开故乡边家坞，满怀希冀地重返军中，到现如今与冯玉祥一起隐居山村，只是不到两年的时间，可在佟麟阁看来，这段日子却像做了一场极为漫长的梦，一场光怪陆离的梦，一场背离初愿的梦，一场令人心碎的梦。这场梦是如此黏稠，仿佛是用鲜血与泪水搅拌而成的，将他的脑海填满了。

这感觉当然不爽。

岂止是不爽，简直是对人的折磨，对精神的摧残！

入伍十八年来，因为敬佩冯玉祥的爱国情怀，佟麟阁追随他南征北战，戎马倥偬，经历了多少次战斗，看到了多少流血牺牲，饱尝了多少沙场之苦，佟麟阁没有别的奢求，只想依靠手中逐渐强大起来的军队荡涤人世间的不平，为积贫积弱的国家添一份力量，让边家坞的人们过上太平日子，让全中国的老百姓都过上太平日子。然而，理想的美好往往抵不过现实的残酷，如今的他，不仅未能为国尽忠，反而跟冯玉祥一样，军权被夺，苦心经营的部队被人家改编，自己落得个孤家寡人，携家眷与老上司东躲西藏，想来实在是令人心痛不已。

被动离开军队与之前的主动离开，这感觉完全两码事啊！

好在，凭借多年来对冯玉祥的了解，佟麟阁相信，尽管冯玉祥有这样那样的不足，最终导致了如今的惨败，但他是爱国的，他是爱脚下这片中华大地的，因此，佟麟阁心甘情愿继续追随他。佟麟阁更知道，如今的冯玉祥，比自己过得还要受煎熬，他必须竭尽所能安慰老上司，让冯将军尽快从沮丧中走出来。

冯玉祥的确很受煎熬。

一个曾经纵横捭阖的军事统帅，成了隐居山村的普通百姓，甚至连"隐居"都算不上，即便心胸再宽广，这种落差也是显而易见且溢于言表的。佟麟阁发现，老上司常常像尊雕塑呆坐一处，或沉默不语，或长吁短叹，稍被旁人干扰，便会火冒三丈。知夫莫过妻，直到将军的夫人李德全从北平赶过来，并给了丈夫以当头棒喝，才令冯玉祥彻底意识到了自己失败的原因。

　　那天，冯玉祥正跟佟麟阁等人闲谈，说着说着，又想起过往的失利，情绪就有些激动，忽地站起身来，大声说："我冯玉祥是个无产者，上无片瓦，下无寸土，银行里没存款，租界里没洋房，我怕什么？谁要骑到我头上拉屎，我就同他拼！"

　　冯夫人正好走进来，听到丈夫这么说，当即反驳道："你这个样子算什么无产者？你根本不是无产者，你是楚霸王，但我可不是虞姬！"见冯玉祥愣住了，李德全不禁莞尔一笑，缓了口气，"你呀，现在最大的问题，是失败了还不知道原因在哪儿！"

　　一语中的，冯玉祥被说得哑口无言。

　　在接下来的日子里，冯夫人和佟麟阁等人以实事求是的态度，与冯玉祥一起分析，终于解开了将军的心结。

　　李德全说："自南口大战失利后，你的部下降的降、散的散，吴佩孚、张作霖等人的气焰那么嚣张，阎锡山又抄了你的后路，那时你困处西北，走投无路，"冯夫人轻声叹了口气，目光如炬，注视着丈夫，"关键时刻，是共产党和苏联派出了自己最优秀的人才，帮助你忘我地工作，为你的部队指明了奋斗方向，给你的部队增添了精神力量，从这以后，西北军才克服重重困难，打开了局面，可是……"冯夫人站起身，给丈夫的杯里续上了茶，"可是，你参加徐州会议回到郑州后，不分青红皂白，将辛辛苦苦帮你工作的共产党人全挤了出去，当时我就不同意你的做法，可你哪里听得进去！"冯玉祥静静地望着自己的夫人，一言不发。李德全又说："两年前，你拥蒋复职，如今你看，逼得你现在东躲西藏的，不就是你亲手扶上台的'把兄弟'蒋介石吗？"

冯玉祥恨恨地拍了一下膝盖。

不仅是冯玉祥，佟麟阁听了嫂夫人的话，也是茅塞顿开。是啊，五原誓师后，西北军与中国共产党合作，当时缺兵少将，武器装备也不行，但是部队士气高涨，逢战必胜，而这次冯将军指挥中原决战，没了共产党的帮助，兵多了武器好了又怎样？还不是落得惨败！时至今日，自己和他不得不跑到阎锡山的老窝来东躲西藏，真是一步错、步步错啊……

听了夫人的一席话，冯玉祥终于冷静下来，与佟麟阁等人正确面对当前所处的局面，并开始钻研国内外的政治理论，在努力提高政治素养的同时，也开始再次与中共取得联系，并邀请共产党人和进步学者前来授课，共同研究当前的世界形势，共同分析国内政局，在彼此思想的交流与碰撞中，使自身意识到了存在的不足，获得根本性转变。

拨开云雾见天日，守得云开见月明。

随着困惑与迷茫渐渐散去，又被青山绿水环绕，佟麟阁本就喜欢恬淡生活的天性得到释放。每天，他除了和冯玉祥讨论一些时局之外，更多的是陪同老上司一起读书练字、游山玩水。他从未停过书法练习，如今的字写得力透纸背，尽显大家风范。一个傍晚，霞光铺满山巅，远望天地辽阔，近看鸟语花香，佟麟阁在院中踱步片刻，兴致勃发，快步走进书房，提笔赋诗一首：

平生喜静好安闲，豪兴烹茶当酒酣。
说什么蛾眉凤髻，要什么高官显爵。
君不见万里长城今何在？
六王称霸反遭诼。
不如茅房子整顿几间，
贴一帧唐诗晋字，
挂几幅楚山吴水。
养几盆金鱼，栽几钵牡丹；
结几个良朋好友，握手言欢。
爱意时，把诗书看看，琴瑟弹弹；
失意时，打开柴扉，
看山头烟去淡淡，听江边流水潺潺……

刚在其上落定"潇洒诗"的题目，还没等佟麟阁再默诵一遍，身后已传来冯玉祥爽朗的笑声。

"好一首《潇洒诗》，好一个潇洒的诗人啊！"冯玉祥赞叹道。

被冯玉祥这么一夸，佟麟阁不由得脸微微一红，忙转身请老上司就座。冯玉祥却摆摆手，说："捷三啊，能否将这首诗也给我誊写一份，我贴到书房，与君同乐嘛！"

"当然。"佟麟阁爽快应道。

冯玉祥道了声谢，扭头指了指窗外的秀美景色："这么好的天气，这么好的景致，窝在屋里不出去，有些辜负时光吧？"

佟麟阁知道冯玉祥的意思，却故意笑问："您是说……"

"装什么糊涂，走哇，爬山去！"冯玉祥不由得哈哈大笑起来。

佟麟阁也笑了。

于是，二人一前一后迈出房门，向不远处的黛色群山而去。

终日陪冯玉祥游山玩水、种菜打猎，佟麟阁似乎忘记了外面的世界，忘记了曾经的戎马生涯，一心只在山水间了。他不仅爱字如痴，还非常喜欢摄影，在峪道河的这些日子，他的足迹几乎踏遍了这里的每一块土地，不同的是，他没有将目光只对准秀美山河，而是给予了普通民众更多的关注。他喜欢接近当地老百姓，喜欢他们身上不经雕琢的纯朴，喜欢跟他们坐在一起谈天说地，喜欢用镜头将他们的日常记录下来，喜欢与他们分享生活中的酸甜苦辣、喜怒哀乐……

然而，这种看似闲适的生活状态，并非佟麟阁本心所愿。

不知多少个夜晚，他会猛然从睡梦中惊醒，起身望着窗外黑魆魆的山峦，心中似有狂涛，似有坚冰，似有火焰，再也无法睡去。就个人而言，他目前的生活虽然算不上大富大贵，至少也是温饱无忧的，若只想过安稳日子，守着夫人孩子尽享天伦之乐，也算圆满。可这一切并不是他所追求的。当年离别家乡去当兵，他就是想寻到一条救国之路，像岳飞那样"八千里路云和月"，想为国尽忠，想为脚下的中华大地洒尽血汗，如今却苟活一隅，寄情山水，这哪儿是一个军人应该做的事情啊！事实上，佟麟阁非常清楚，冯玉祥更是如此，看似每天闲庭信步、无欲无求，其实内心早已不甘如此虚度时日，也在等待着东山再起，为国效力。

是啊，身处乱世，又岂容胸有大志之人成为闲云野鹤呢？

1931 年，举世震惊的九一八事变爆发，面对日本侵略者的卑劣嘴脸和无情的枪炮，所有爱国同胞无不义愤填膺、瞋目切齿。

中华民族到了最危险的时候！

佟麟阁再也无法容忍自己沉默下去了。

战 马 嘶 鸣

日本对中国东北地区早已垂涎三尺。

尚在1927年夏，日本政府就强化了对华侵略的政策。田中内阁在东京召开的"东方会议"上，制定了图谋侵占"满蒙"的"根本政策"，抛出了臭名昭著的"田中奏折"，露骨地声称中国东北对日本的生存有着"重大的利害关系"，并公然宣称：唯欲征服中国，必先征服满蒙；如欲征服世界，必先征服中国。

佟麟阁作为一名久经沙场且具有开阔视野的爱国将领，对日本的野心早就有所预料。一直以来，只要条件许可，他始终在所属部队广泛宣传保家卫国的思想，并提醒官兵们时刻警惕盘踞在中国大地上的日本侵略军。只是他没想到，日本人侵占中国东北的这一天，会来得这么快，他们会这么肆无忌惮！

更让他始料未及的是，中国守军竟然没有抵抗，拱手将大好河山让给了敌人！

耻辱！奇耻大辱！

当时，日本关东军不到两万人，东北军有三十多万。在事变过程中，除小部分进行了军事抵抗外，整个东北军奉行了"不抵抗政策"。

多么愚蠢的政策，多么可怜的政策，多么令人捶胸顿足的政策啊！这就相当于眼睁睁着饿狼扑上来，却放下手中棍棒，原地站好，解开衣扣，任其撕咬嘛！

由于东北军的"不抵抗政策"，日军三百人就击溃了北大营的八千守军，9月18日当夜即攻占北大营，第二天占领整个沈阳城。短短四个多月的时间内，东三省这片广袤的大地沦落敌手，三千万父老成为亡国奴。

然而，就在九一八事变爆发两个月前，蒋介石在告全国同胞书中，仍说什么"当此赤匪、军阀、叛徒与帝国主义者联合，生死存亡间不容发之秋，自应以卧薪尝胆之精神，做安内攘外之奋斗"——正是由于国民党实行"攘外必先安内"的政策，使日本帝国主义对中国的侵略野心愈加狂妄，愈加肆无忌惮，终致酿成战争大祸。

国土沦丧，国民受辱。佟麟阁再也无心待下去了。

虽然宁静的峪道河风景秀美，可以坐而论道，但作为一名军人，一个有血性的男人，面对国土被侵占、国民被屠杀的惨状，又怎能偏居一隅苟且偷生呢？听到事变消息的那个夜晚，佟麟阁彻夜未眠，感觉全身血液快要沸腾，再继续"隐居"下去，他会憋疯的，他要离开这里，投身到维护主权完整和民族利益的洪流之中，用自己的血肉之躯，用自己的全部力量，去实现为国尽忠的终极追求。

事变过后的第五天，冯玉祥率先发表了抨击蒋介石"不抵抗"政策的通电，严厉谴责其媚外误国，严正指出南京政府所执行的政策无异于与虎谋皮，是自欺欺人的，实质上是甘愿成为帝国主义侵略中国的工具。

10月21日，冯玉祥又通电全国，提出了抗日救国的十三项主张。蒋介石不接受这些主张，但广大的爱国民众欢迎，佟麟阁首当其冲极力拥护，并积极付诸实际行动。

11 月 18 日，冯玉祥应邀赴南京开会，主战未遂，遂与蒋介石、汪精卫分手，上泰山隐居。于是，佟麟阁由山西迁居北平。

那段日子，佟麟阁始终处于愤懑焦灼之中，急切盼望着为国效力的那一刻早点儿到来。

1932 年 8 月 17 日，国民党中央政治会议任命第 29 军军长宋哲元担任察哈尔省主席，不久，宋哲元邀请佟麟阁担任察哈尔省警务处处长，兼领省会张家口市公安局局长。

佟麟阁再次出山。

彼时，察哈尔省堪称地广人稀，其东接热河、辽北，北邻兴安省、内蒙古，西接绥远省、山西省，南为河北省，辖区相当于今日之河北省张家口市、北京市延庆区、内蒙古自治区锡林郭勒盟大部以及乌兰察布市东境。因为地广人稀，尤其整个国家正处于动荡之中，察哈尔省的经济发展十分缓慢，百姓的生活水平很低。

初到这里，佟麟阁想得最多的不是条件如何艰苦，而是怎样尽自己一份力，协助第 29 军抵御盘踞在东三省的日军。以他当时的认识，早已看清日本帝国主义的狼子野心。日军绝不会满足于盘踞东三省，从其军队部署情况看，很可能正在觊觎北平乃至整个华北。因此，为防守一线的官兵提供稳固的后方支撑，成了佟麟阁的当务之急。

到任没多久，在暗中探访的过程中，佟麟阁就发现一个极危险的苗头：张家口的街头巷尾，经常有日本浪人招摇过市，行为不轨；更有一些鬼鬼祟祟的家伙四处晃荡，貌似在收集当地的各种信息。考虑到与日伪控制区毗邻，佟麟阁很快确立了工作方向。

抓好社会治安，让这些魑魅魍魉找不到活动的空间。

首要的是严整军警纪律，对警察的要求必须严格起来，消除旧有的陋习，尤其是在执法的过程中要切实发挥职能，讲原则，力求保一方稳固。针对有些警察存在吊儿郎当、不遵法令、随意拘押百姓、滥行处罚等行为，佟麟阁及时颁布了相关禁令，并要求各县局照章执行，对于有些案件不是法律规定必须罚款的，一概不准罚款。否则，舞弊者将受到严办。

在佟麟阁看来，警察应该是守护神，而不是祸害百姓的小鬼。

禁令颁布后，他怀揣高度的责任心，又开始马不停蹄地到各个基层警局去了解落实情况。通过一段时间的明察暗访，佟麟阁发现，问题虽然有所改观，但顽固不化、玩忽职守的现象依旧存在。恨铁不成钢的同时，他非常清楚，要想治愈沉疴积弊，不下点儿猛药是见不到疗效的。找准方向，佟麟阁果断处理了几个违反法纪的警察；对不称职尤其是不执行禁令、滥用职权的警务人员，不管其背景如何，不论其官位多高，一律按照禁令予以查办。他的这一系列强硬措施，在整个察哈尔省警务系统引起了不小的轰动。

想吃新鲜葡萄，还要到架上摘。

为从根本上解决人员素质问题，佟麟阁另辟蹊径，不辞辛劳地创办了警官补习所，精心培养警界人才，并亲自兼任补习所所长，在很短时间内，组织训练了一大批军警人员，为队伍建设打下了扎实基础。

佟麟阁的勤勉，不是为了讨好哪个长官，更不是为了升官发财，他的出发点很简单，很纯粹，就是为了辖区安宁，就是为了辖区百姓，就是希望全民能够拧成一股绳，形成合力，共御外辱。他用实际行动赢得了察哈尔民众的心，很快实现了社会治安局面的扭转，令那些企图破坏秩序的日本浪人、伪军、奸细无法立足，为第29军前方官兵打造了一个安稳的大本营。

听说佟麟阁在察哈尔当了大官，老家的一些人开始动上了心思。

过去，他在军队任职，亲戚们也想投靠，但毕竟是战乱频仍的年代，到军队里谋职，搞不好性命就交待了，还不如在老家土里刨食来得保险。如今，佟麟阁当了兼管地方的官，性质就不同了。边家坞村的亲朋故友们，陆续有人前来投奔。

老家来人，佟麟阁当然欢迎。来，则好吃好喝好招待，却极少给推荐职务。在佟麟阁看来，来的亲朋故友一般都没啥文化，在家常年务农的人，给他安排个什么职务合适呢？弄不好，不仅养活不了自己，还会坏了正事。但是，有时架不住来的人软磨硬泡，有个别的看似可塑之才的，佟麟阁还是会念及亲情，为其安排差事。

其中就有他的堂兄佟振清。

这个佟振清，很是能说会道，以此取得佟麟阁的信任，破例让他入了伍，成为其所在部队的普通一兵。最初环境不熟，佟振清还能遵章守纪，但时间一长，情况熟悉了，他的懒散习气渐渐表露出来，依仗佟麟阁的权势多次违犯军纪，而他的上司们碍于佟麟阁的情面，不敢惩治他。堂兄经常夜不归宿的事被佟麟阁知道后，很是生气，决定抽个机会亲自去营房查夜。一个伸手不见五指的深夜，佟麟阁来到营区。进宿舍后，发现佟振清铺上的被子也是鼓鼓囊囊的，像似有人在睡觉，谁知过去一摸，被窝里是枕头，枕头上还扣着军帽，人显然是跑出营区去了。

佟麟阁顿时怒火中烧。

第二天，他找到佟振清当面质问，果真是私自出营了。佟麟阁立即召开士兵大会，当众决定惩罚佟振清二十军棍。然而，谁都知道佟振清是佟麟阁的堂兄，哪儿敢真打他呀。佟麟阁见状，夺过军棍亲自动手，只两三下就将佟振清的腿打得皮开肉绽。从这以后，这个堂兄老实了许多，再也不敢违犯军纪了。

后来，佟麟阁的堂弟佟振宗也来找他给安排工作。但佟振宗除了种地外，什么也不会，于是佟麟阁问他："你想干什么？"

佟振宗想都没想，说："只要在你手下，干什么都行。"

佟麟阁轻轻叹了口气，耐心地解释说："我这里是养兵千日，用兵一时，如果任用私人，都像咱振清大哥那样儿，不就成了一支腐败的军队嘛，关键时刻调遣不灵，还怎么打仗啊？"说到这里，佟麟阁拿出几块银圆来，语重心长劝道，"振宗啊，我看你还是老老实实在家乡种地吧……"

可佟振宗还是赖着不走，苦苦哀求，就想让佟麟阁将他留下。佟麟阁始终没有吐口给其安排工作。母亲和妻子埋怨佟麟阁六亲不认，他听后只能一笑了之，任你说千道万，我自有一定之规。佟麟阁的一定之规就是励精图治，谋求强大，驱逐日寇，复兴中华。至于为亲戚朋友谋私利的事，不在他的规划之内。

佟麟阁的心中，正有一匹蓄势待发的战马，渴望着驰骋疆场，实现一个军人报效国家的夙愿。在这一终极目标面前，所有阻碍都必须闪开。

将军令（三）

阳光下的这条街，原是有汽车一辆接着一辆驶过的，可当我汗津津、晕乎乎站到路旁时，一切瞬间就变了。烈日依旧当头泼洒金光，绿化带的花草树木依旧葳蕤茂盛，但耳边的风声没有了，蝉鸣没有了，来来往往飞驰的汽车声也都没有了……街道的尽头，恍然出现一匹高头大马，红鬃飘动，雄奇健美，周身散发出夺目光芒，马背上端坐一人，挺胸抬头，气宇轩昂，威风凛凛。正欲凝神细看，那匹马却直奔我飞驰而来，马蹄嗒嗒，速度极快，犹如一道闪电，那威猛汉子的面孔尚未看清，便与我擦身而过，霎时卷起一股热浪，将我团团包裹，于是，我额头上的汗水又冒了出来。

"这儿就是佟麟阁大街了。"

边镇江老师的声音在耳边响起，他人长得精瘦，底气却十足，洪亮嗓门将我从短暂的虚幻中拽了出来。刚才，大概是天气过于炎热，脑袋里暂时短路的缘故吧？我不由得嘲笑了自己一番。

擦去额头上的汗珠，眼前的一切，又恢复到刚下车时的模样。汽车一辆接着一辆，南来北往，都想以最快的速度抵达终点。这是对美好生活的向往，只要沿着正确的方向和道路不停奔跑，什么目标不能实现呢？哦，或许也有车辆抛锚、人困马乏的时候，那不妨停下来，休整片刻，养精蓄锐之后再出发。

思绪纷杂，脑海辽阔。猛然发觉，此刻能有心情分散思维，浮想联翩，也是一种幸运。偷得浮生半日闲，那得是没有硝烟、没有杀戮、没有饥饿、没有生存之忧方才能做到的。而眼前的阳光灿烂，道路平坦，草木茂盛，天下太平——不正是无数先烈梦寐以求的生活状态吗？

幸福不是轻而易举能获得的。

有了过往的牺牲，才有了今日的和平！

细细想来，北京有佟麟阁路、佟麟阁街，高阳有佟麟阁大街、有佟麟阁广场，人们已经用最直接、最朴素的方式，表达了对现今生活的珍惜，更表达了对为实现这种生活而抛洒热血的先烈们的追忆。

佟将军，此时此刻，我正站在以您的名字命名的街道上，刚才，从我脑海中一闪而过的战马上的身影，就是您吧！

除了您，还有谁能有资格在这条街上纵马驰骋，还有谁能将一个人的豪气展现得如此酣畅？应该有无数个夜晚，星垂四野时，您的魂魄一次又一次回到这里，回到高阳，回到孝义河，回到边家务吧？

将军，遥想当年，已近弱冠之年的您，身着长袍，手执书卷，儒雅而忧心忡忡地漫步在高阳街头，徜徉在孝义河畔，表情是那么平静，内心是那么火热，当看到贫困百姓苦苦挣扎在生与死的边缘时，您那颗年轻的心在痛，在流泪，在滴血。您无法弄清楚，为何泱泱我中华会如此羸弱，为何人们拼命去努力却难以糊口，为何世间有如此多的不平事……想来，也就在那个时候，作为一个不甘现状的年轻人，您的内心渐渐确立了一个信念，这一信念，随着时日的延续，随着人生的磨砺，终致坚定，从而将您推到了为民族独立而战斗的前沿。

人生如君，死又何憾！

用手机精心地拍了几张佟麟阁大街的街景，我正打算继续驱车前行，路边柳树下走来一对母子，站到我身边。我这才注意到，路边正是公交站点，我急忙闪到一旁。这时，母子的对话吸引了我。

"知道你正站在哪儿吗？"母亲低头问小朋友。

小男孩儿扭头看了看公交站牌，天真一笑："妈妈，这是佟麟阁大街。"他不过五六岁的模样，竟然能把字认出来。

"没错，昨晚，爸爸不是还给你讲佟麟阁的故事嘛……"母亲鼓励地在小朋友的头上轻轻拍了拍。

"当然，我记得！"小男孩儿骄傲地仰起头，"我还知道他是个大英雄！"说着，小家伙双手叉腰，俨然豪气附身。

会心一笑的同时，我不禁再次心潮起伏。

佟麟阁大街啊，请你在夜深人静之时，用星光，用风声，用花语，告诉佟将军，如今的中国，早已傲然屹立于世界民族之林，我们的国家正在日益强大，我们的人民愈加自信，我们未来的生活会更美好——这一切，都是您和与您一样的英雄们，用满腔热血换来的。

吾辈唯有珍惜！

吾辈仍需努力！

第四章　疾风知劲草

烽烟滚滚

九一八事变后，日本侵略者像饿蚕疯狂啃噬桑叶那样，加快了吞噬中国领土的动作。与蚕儿不同的是，蚕儿们能吐丝结茧，给人们带来温暖，而这些日本侵略者，却是一个个吃人不吐骨头的恶魔，他们的所作所为，只是为了满足野兽般贪婪的欲望。

侵略者的举动，常常毫无掩饰，甚至丧心病狂。

1931 年，关东军在《满蒙自由国建立方案大纲》中，将热河划入预定建立的伪满洲国版图。

1932 年，关东军炮制的"东北行政委员会"，在其所谓的《独立宣言》中说："热河省与旧东北三省有不可分割之关系。"

从这一年的夏季开始，日军开始不断在山海关和辽宁与热河交界处制造事端。

10 月，发生了伪满警察非法进入山海关城与东北军士兵冲突的第一次"山海关事件"。

12 月 8 日，又发生了日军装甲列车炮击山海关的第二次"山海关事件"。

…………

日军的行径，可谓司马昭之心，路人皆知。

面对这种即将亡国灭种的紧急关头，中国人再沉默下去，就意味着伸出脖子任别人去砍。

中共中央接连发表宣言，指出日本侵占东三省，是世界新的帝国主义强盗战争的初步，号召全国工农兵劳苦民众团结起来，驱逐帝国主义，让侵略者滚出中国去！在中国共产党的感召下，1932 年 10 月的一天，冯玉祥由山东赶赴张家口，不顾南京政府的多方施压，与共产党人合作，决心召集旧部，联合各抗日武装，走武装抗日的救国之路。

这一日，当冯玉祥昂首阔步走进佟麟阁在张家口的家中时，佟麟阁一点儿准备也没有，很是惊讶。

"怎么，不欢迎啊？"见老部下一脸的惊诧，冯玉祥开心地大笑起来。

佟麟阁急忙立正给老上司敬礼，口中连说"欢迎"。随即两双大手握到了一起，喜悦之情溢于言表。

宾主落座后，冯玉祥快人快语："捷三啊，我这次来张垣，就一个目的，重召旧部，武装抗日！"

佟麟阁听后，顿时兴奋异常，说："将军的救国之心，麟阁坚决拥护！"

接下来，二人开始商谈组织抗日同盟军的具体事项，这一谈就是大半日，临近中午时，兴之所至，佟麟阁站起身来到书桌前，挥毫写下了王昌龄的《出塞》：

秦时明月汉时关，
万里长征人未还。
但使龙城飞将在，
不教胡马度阴山。

冯玉祥站在佟麟阁身侧，注视着他一笔笔写完，情不自禁地赞道："好！"

二人相视而笑。就在佟麟阁打算去给冯将军重新续茶之时，佟夫人彭静智出现在门口，示意丈夫出来一下。佟麟阁不明所以，请冯玉祥稍等片刻，自己随夫人来到了院子里。

"我跟将军正在谈事情。"佟麟阁有些不满。

"我知道。"彭静智笑着朝屋内方向望了望，低声说，"这都要吃午饭了，你总不能让冯将军饿着肚子走吧？"

"这……"佟麟阁恍然大悟，"还请夫人快去备饭哪！"他不说还好，这么一说，彭静智急得脸都红了。

"事先也没准备，家里哪有能招待客人的饭菜啊，咱让冯将军吃啥呢？"

佟麟阁却笑了："不用着急。"

彭静智瞪了丈夫一眼："你是不急，做饭的急啊！"

佟麟阁依旧慢条斯理地说道："这样，你就去做小米面窝头，外加大萝卜咸菜即可。"

彭静智更急了："那怎么行，哪能让冯将军吃这些呢？"

"你就照我说的办，没错儿！"说罢，佟麟阁笑着进了屋。

彭静智无奈，只得按照丈夫所说去准备了。

很快，到了吃饭的时间，望着饭桌上的窝窝头和咸菜，人还没坐下，冯玉祥已经笑逐颜开，拿起金黄的窝头就"吭哧"咬了一大口，赞叹道："捷三，这窝头做得很好啊！"

佟麟阁忙笑着请冯玉祥上座。坐下后，冯玉祥一边香甜地吃着，一边又说："不愧是我的知己，你做了这么大的官，还没丢农民的本色……"

有了宋哲元、佟麟阁等老部下的鼎力支持，冯玉祥以张家口为基地，开始召集旧部，积极联络各路爱国力量，准备以实际行动抗日救国。那段日子，佟麟阁十分忙碌，也十分振奋，像夜行很久的人终于盼到东方发白的一刻，心里充满希望，浑身充满力量。

我方在行动，日寇也加快了侵略速度——国土沦丧的坏消息接踵而至。

1933年1月，日军占领了战略要塞山海关。

3月4日，日军侵占了热河省省会承德，接着长驱直入，向长城各口及察哈尔省逼近，平津失去屏障，陷入危境。

然而，就在这危难时节，蒋介石害怕冯玉祥重新利用第29军的力量，于是以"加强河北防务、预防日军侵入华北"为名，将宋哲元及其部队调往河北。无奈之下，宋哲元只得复命，并任命佟麟阁兼任张家口警备司令，以巩固后方。

老战友们都被调走了，但佟麟阁丝毫没有放松战事准备。他一边协助冯玉祥聚集各路抗日武装，一边抓紧时间招募新兵，训练军队。对于日寇的本性，佟麟阁心知肚明，对日作战肯定会打响，当务之急是积蓄力量。

这一天，佟麟阁心情有些烦闷，想到外面散散心，于是跟夫人彭静智交代了一下，自己带着几个孩子骑马来到了张家口城西的赐儿山。远望赐儿山峭壁耸立，直抵云霄，近看山石嶙峋，傲骨铮铮，加之阳光明媚，微风徐徐，佟麟阁心中的积愤渐渐散去了一些。然而，当他立马一座山头之上，遥望东北方向时，见苍莽的大地之上，有层层阴霾缭绕，似有妖魔在天地间潜藏，他那略有好转的心情不由得再次沉重起来——多么壮丽的山河啊，然而，这大好的河山，却正面临着被吞噬、被蹂躏的局面！中国啊，你为何这么多灾多难？那么多骨肉同胞，被侵略者残忍杀害，国破家亡已近在咫尺……心头像有一团乱麻在纠缠，令佟麟阁再也无心赏景，他长长地叹了一口气，下了马，将孩子们带到旁边的一处山坡上，而后坐下来，再次给他们讲起了岳飞精忠报国的故事。

在孩子们一双双明亮眼睛的注视下，佟麟阁最后慨叹道：

"你们兄妹几人，要将这些故事深深刻在心里，做一个爱国的人，做一个对国家有用的人，所有的人都自强自立了，我们的国家才有希望，记住，"佟麟阁用慈爱的目光扫视了一下子女们，"一定要记住，有国才有家！"

孩子们连连点头。

佟麟阁站起身，挺直胸膛望着东方的天空，脸上渐渐严肃起来，说："现在，如果能多几个像岳飞那样的人，小日本就不敢如此肆无忌惮了！"

孩子们也都一副凝重的表情。

佟麟阁的儿女们都很懂事，因为他们知道，父亲平日里不是这个样子，之所以现在一脸的严肃，肯定是心里装着什么大事。兄弟姐妹中稍大的哥哥姐姐，已经明白父亲是在为国家的事而忧虑，小一点儿的弟弟妹妹们虽然不是很清楚，但是在回家的路上，也不再像过去那样缠着父亲让他讲故事了。

这天夜里，忙碌一天的佟麟阁为了舒缓一下情绪，在灯光下又开始书写大字，谁知越写心中越烦躁，索性放下笔，踱步来到窗前。仰头望夜空，静谧的苍穹繁星点点，如一颗颗期盼的眼睛，注视着屋内的他，似乎在向他传递着什么信息。

其实，佟麟阁知道自己心情沉重的原因。

作为一个军人，他多么渴望能亲自上前线与日寇拼杀啊，哪怕是战死沙场，他也无怨无悔，可目前的形势却不允许他这么做，他只能留守在后方，只能在这相对安全的环境里为前线的弟兄们默默祈祷、鼓劲儿，虽然做好后方工作也能为抗日尽一份力量，但终究是有几分遗憾的。

更让他耗费心力的是如何最大限度地发动群众，只有每个中国人都从沉睡中醒来，看清国家面临的危境，认清日寇的狼子野心，才能凝聚力量，救国家于危难之中啊！可是，还能再想些什么好办法呢？窗外，不知一只什么鸟儿受到惊吓，从院中的一棵树上扑棱棱跃起，顶着夜色朝西边的黑暗飞去了。佟麟阁突然眼前一亮，想起在赐儿山上给孩子们讲的故事来。对啊，岳飞的爱国故事家喻户晓，其精神具有极大的感召力，何不在张家口也建起一座岳飞庙，既可供人们瞻仰凭吊，还可以鼓舞民众保家卫国的信心，提高人们抵御外辱的士气，这应该是个不错的办法。想到这里，佟麟阁的心中爽快了许多。

第二天，佟麟阁立即着手组织人力物力，以最快的速度，在张家口地区修建了一座十分壮观的岳飞庙。建成之后，前来拜谒的人们络绎不绝，让他感到很是欣慰。这座庙宇，向世人昭示的不仅是佟麟阁勉励民众以岳飞为榜样，精忠报国、抵御外辱，更是佟麟阁自我心声的表达——他要像岳飞那样，成为抵御日寇侵略的中流砥柱。

他不是在消极等待那一刻的到来，而是为那一刻的到来做着准备。

充足且坚定的准备。

唯有抗争

已是早春时节，张家口地区依旧天寒地冻，山坡上、田野里，尚不见一丝绿意，除去浑黄还是浑黄。练兵场上，风像调皮的孩子，四处乱钻，荡起的沙土像是有了黏性，纷纷裹在士兵们的头上、肩上，乃至全身。

佟麟阁也是一身尘土，但他依旧挺拔地站在队列前。"只有平时多吃苦，战时才会少流血！"他声音洪亮地吼道。

"平时多吃苦，战时少流血！"士兵们也都高声齐呼。

"宁为战死鬼，不当亡国奴！"佟麟阁情不自禁振臂高呼。

"誓死不当亡国奴！"震耳欲聋的吼声响彻练兵场，将呼啸的风声都压了下去。

佟麟阁正要继续为士兵们做战术动作示范，忽然大个子赵登禹从一旁急匆匆走了过来。很冷的天气，他的脸上竟然满是汗水。

"舜诚，什么事？"佟麟阁诧异道。如今已是旅长的赵登禹，在佟麟阁心中一直是个血性阳刚、值得深交的汉子。想当年，佟麟阁还是连长时，刚入伍的赵登禹就引起他的注意，他认为其骁勇过人，两个人很快成为生死之交，佟麟阁还向冯玉祥推荐了赵登禹。

"捷三兄，我们要开拔了。"赵登禹直直地注视着佟麟阁，一字一顿道。

佟麟阁浑身的血液瞬间沸腾，他跨步上前，握住赵登禹的手，想交代几句什么，突然，一阵狂风卷着黄土扑过来，眼前什么也看不清了。待佟麟阁揉揉双眼，再次望去时，赵登禹已不知去向，而他自己却站在了战壕中，身旁趴满了荷枪实弹的士兵，每个人都是据枪向前，一脸警惕。

佟麟阁急忙俯身探头向前观察，这一看不要紧，顿时吃了一惊，没经过大脑，枪已经端在了手中——密密麻麻的鬼子兵，隐在山石间慢慢地朝阵地前沿摸了过来。

佟麟阁清楚，目前还没到开火的时机，放他们过来，近点儿、再近点儿……他扭头想叫传令兵，却发现赵登禹正在不远处轻声下达命令："传下去，让弟兄们备好手榴弹，等鬼子再近点儿……"

佟麟阁笑了。他很奇怪，这个时候自己怎么还能笑？他想止住笑，于是轻轻抹了一下脸，可就在这一刹那，天突然黑了，只能隐隐约约看到有无数身影在周围晃动，他急忙再次端起了枪。

"捷三兄，我们去杀鬼子，帮我们守住阵地啊！"是赵登禹的声音。没容佟麟阁应话，赵登禹已经带着数百条身影冲下了山。借助微弱的星光，佟麟阁看清了，战士们正在各自长官的带领下，一手端着驳壳枪，一手拎着寒光闪闪的大刀，像一只只猛虎，朝鬼子盘踞的山坡摸了过去。佟麟阁不由得再次热血沸腾，他也想跟大家一起冲过去，却发现双脚被牢牢地定在了原地。诧异间四下看去，竟有无数伤兵躺在地上，旁边还堆满了武器、弹药、被服、绷带，甚至一筐筐冒着热气的馒头——原来，自己是有任务的，是要负责保障前方给养的。

"可我也想去一线杀敌啊！"佟麟阁叹了口气。

"军人以服从命令为天职，捷三啊，做好你眼前的事，就是杀敌。"是冯玉祥的声音。

佟麟阁急忙去寻找老上司，人没看到，却发现自己的视线竟能随着赵登禹等人向前奔跑。他高兴坏了，眼睛一眨不眨地盯着弟兄们的动作。战士们蹑手蹑脚地靠近，鬼子的哨兵，没等反应过来，就已成为刀下亡魂，敲掉了几个岗哨后，赵登禹大手一挥，几百道黑色的闪电冲向了敌阵，顿时喊杀声阵阵，惨叫声连连……看着鬼子人头落地的场景，积压在佟麟阁心头的愤懑，终于得到释放，他忍不住大声叫了起来："杀得好！杀得好哇！"

"怎么了？做噩梦啦！"是夫人彭静智的声音。

佟麟阁猛地睁开眼，四周寂静，只有自己的呼吸声在耳畔萦绕。原来，只是做了个梦而已。"不是噩梦，是解气之梦。"待心智完全清醒，佟麟阁怅然若失地对妻子解释。之后却再也睡不着了。

佟麟阁清晰地记得，宋哲元率部开拔前往长城防线时，赐儿山阴面的积雪还很多，即便是阳面，犄角旮旯背阴处，也能见到左一堆右一堆的白雪，像趴在山坡上的白兔。天气当然冷，但他和兄弟们的心却是火热的。无论南京政府出于什么目的将部队调往河北防区，只要能上前线，能跟日本鬼子真刀实枪地干上一仗，这兵就没白当，这兵就没白练！但是，作为一个有着丰富作战经验的指挥官，佟麟阁也非常清楚，第29军的家底并不雄厚。冯玉祥在中原大战败北后，第29军是唯一没有投降而又保存下来的部队，这已经是西北军仅存的实力了。虽然执政北平的张学良给了个第29军的番号，但在蒋介石的眼里，这支军队是颇受歧视的，粮饷经常遭到克扣，尤其是武器装备，根本得不到补充。如今，放眼望去，中央军姑且不说，即便是东北军、晋军的武器装备，也比宋哲元的第29军强了太多。第29军当时只有野炮、山炮十来门，重机枪不过百余挺，轻机枪每连只有两挺，步枪多为"汉阳造"和山西仿制的三八式。

但是，第29军有着佟麟阁这样一批心怀爱国主义的将领，所有士兵都是在抗战思想的灌输下严格训练出来的，尽管武器装备不行，这却是一支敢于对敌亮剑、敢于直面生死的部队，是一支血性十足的部队，每个士兵手中都握有一把寒光四射的大刀，足以令人见之胆战。

然而，当部队真要开拔前往河北防线时，佟麟阁还是很不放心，他不仅跟宋哲元军长反复商讨前方和后方的各项准备工作，更是在部队临出发前，与张自忠、赵登禹等师长、旅长齐聚一堂，共商御敌大事。

讨论到热烈时，身材高大的赵登禹旅长站起来说："保家卫国，乃军人之天职，养兵千日用兵一时，只有不怕牺牲，才能为国争光！"

"舜诚所言极是！"佟麟阁向这位挚友加战友投去欣赏的目光，"但是，诸君这次布防河北，面对的是有着飞机大炮的日军，敌方装备精良，且我方是守军，形势十分不利，不过，"佟麟阁双目灼灼，似有两团火苗在眼眸中燃烧，"我方部队士气高昂，杀敌报国的决心坚定，只要充分发挥我们的优势，利用近战、夜战杀敌，最好与敌人胶着在一起，这样就一定会达到出其不意的效果……"

众人纷纷点头称是。

不出佟麟阁所料，几天后，由宋哲元领导的国民革命军陆军第29军，打响了抗击日寇入侵长城防线的喜峰口战役。这场恶仗，前前后后一共打了两周时间，以日军撤出阵地宣告结束。

喜峰口，位于河北省迁西县与宽城县接壤处，为燕山山脉东段的一个隘口，古称卢龙塞，其东有铁门关、董家口，西有潘家口、罗文峪，是北平与热河的交通咽喉。在这里，中国军人以愤怒的子弹和寒光闪闪的大刀，向日本侵略军郑重表明：在中华大地上，爱国的热血儿女有千千万，爱国的将士也有千千万，泱泱我中华，绝非日本侵略者想的那样可以随意侮辱与践踏。

战斗打响后，佟麟阁时刻关注着前方战事，他的心始终与第29军的弟兄们连在一起。这是焦灼的时刻，更是惊心动魄的时刻。

1933年3月9日，日军占领喜峰口，宋哲元派王长海团前往增援，从遵化到喜峰口一百余里的路程，官兵们仅用了大半天的时间，每个人都铆足了劲儿往前跑，哪怕跑得喘不上气来，哪怕跑得呕吐不止，也没人肯歇息那么一会儿。赶到前线时，天色已暗，官兵们立即投入战斗。鬼子用重炮和机枪压制我方火力，王长海亲自率领该团主力拼死抗击，激战数小时，并打了一场残酷的肉搏战，将敌人占领的一处高地夺回。由于日军增兵迅速，王长海团伤亡惨重，高地得而复失。

翌日凌晨，日军主力发起总攻。旅长赵登禹派出两个营的兵力去抄敌人后路，战士们埋伏在峰峦隐蔽处，像一只只静待猎物的猛虎，等日寇靠近，猛然从战壕中一跃而出，在震天的呐喊声中，与敌人展开了白刃战，给了鬼子兵出其不意的痛击。

接下来的战斗，愈发白热化。

在3月11日组织的一场夜袭中，第29军共出动了四个团的兵力，战士们每人背着一把寒光闪闪的大刀，于凌晨3点摸向了敌营。战斗打响后，赵登禹、佟泽光两位旅长身先士卒，将手中大刀奋力向鬼子的头上砍去。从睡梦中惊醒的鬼子还未明白怎么回事，就稀里糊涂地丧命于勇士们的刀口之下。这次夜袭，共砍死砍伤敌人逾千名，缴获坦克十一辆、装甲车六辆、大炮十八门、机枪三十六挺、飞机一架，还有地图、摄像机等。遭袭后的敌营里，到处是日寇的残肢断臂。以至于后来，经常有日本兵半夜被噩梦惊醒，大刀队成了他们挥之不去的梦魇。

连日血战，第 29 军的将士们终令日军损失惨重，日本人从入侵东三省就滋生出来的狂傲之气，被中华勇士们杀了下去。

中国人是有血性的，中国士兵更有血性。

3 月 14 日的又一次夜战中，日军利用墙孔以机枪封锁道路，我军一名外号叫老毛子的战士，眼看身边战友纷纷中弹倒下，一时怒火填膺，冒着弹雨匍匐近敌，竟然拼全力将鬼子的机枪给拽了出来——那墙孔其实比枪身小，加之鬼子连续射击，枪管已经打红，但就在这种情形下，老毛子不顾双手被烫焦，硬生生给夺了过来，以至于将墙体拽塌，可见这位来自甘肃的战士有多勇猛。正是有了无数像老毛子这样的勇士，第 29 军才给予了日军沉重打击……

喜峰口战役，是自九一八日寇侵占东北三省以来，中国军队给予敌人最顽强的抵抗，一举打破了日军不可战胜的神话，挽回了热河抗战时中国军队溃败所蒙受的耻辱。第 29 军作为抗日雄师，一战而名扬长城内外。

这是一场让亿万国人欢欣鼓舞的战役。

这更是一场让佟麟阁这位固守后方的将领无比忙碌的战

役。

当得知前方传来与日军交火的消息后，作为察哈尔省代理主席的佟麟阁，竭尽全力调动全省进入了战斗状态——为激发斗志，他组织连续出版《国民新报》，大力宣传抗日主张，发表了大量抗日檄文。佟麟阁本人更是多次发表抗日演说，鼓动群众积极抗日。同时，作为一名久经沙场的指挥官，他深知后勤保障的重要性，第一时间着手补充兵员、筹备军饷，并马不停蹄组织人力物力为前线输送了大量急需的给养物资。前方战事极为惨烈，很快有大批伤员运回后方，医疗救治，难民收容，佟麟阁可谓是夙兴夜寐，不遗余力。正因有了他在后方固守，前线的供给才不致匮乏，英雄们的士气越发高涨，都盛赞佟麟阁为前线的补给大队长。

佟麟阁是有遗憾的，遗憾未能亲自上前线指挥战斗，遗憾未能亲手杀敌。但他更相信，自己的这个遗憾，终有一天会弥补。

他总有上阵杀敌的那一刻。

他期待这一天早日到来。

壮志未酬

时局的变化，常常令人扼腕叹息。

长城抗战初期，守军将士拼死杀敌，令日军进攻受挫，这本是中国军队乘胜追击的大好时机，但蒋介石仍叫嚣"攘外必先安内"，一边大造舆论，说什么"全力抗战当然我们失败"，一边却调兵遣将继续"剿共"，并威胁部属"侈言抗日者，立斩无赦"。这一系列倒行逆施的政策，使在前线鏖战的将士们既得不到有力支援，又深受精神打击，导致长城抗战以失败告终。

　　闻听这一结局，佟麟阁如坠万丈深渊。他那颗炽热的爱国心，再次被狠狠刺了一刀，而且是冰冷的无法拔出的一刀。他气，他恨，他失望，乃至迷茫。

　　不知不觉中，赐儿山上的积雪悄然融化，张北大地渐渐染上新绿，原野中也随风飘荡起花草的气息……直到这时，佟麟阁内心的寒意仍未完全退去。已经四十一岁的他，已经进入不惑之年的他，突然发现自己纵有满腔热忱，奈何力量实在是太渺小了，一个军事将领，手中却没有可以指挥调动的强大军队，谈何保家卫国？

　　回天乏力，报国无门，让佟麟阁无法抚平内心伤痛。

　　这天傍晚，忙碌了一整天的他，有些身心疲惫，头也昏沉沉的，便独自走出省政府大院，来到了街上。佟麟阁的累，不是一天半晌的事，自他追随冯玉祥从山西汾阳来到张北后，悠闲与恬淡就不再属于他了。事实上，闲适的生活向来都没垂爱过佟麟阁，从他二十一年前当兵入伍的那天起，就注定了要度过戎马倥偬的一生。这样的人生选择，加之生逢乱世，怎会有闲适呢？好在，像他这样的人，并不喜欢无所事事地过日子。

大街上，冬日的气息尚未完全散去，许多穷人还穿着破破烂烂的棉衣。然而，向阳面的墙根下，已有一簇簇的嫩草钻了出来，在夕阳的抚摩下，慵懒地等待夜晚的降临。佟麟阁茫然地向前走着，时不时就能碰到三三两两的伤兵，有的头上缠着绷带，有的胳膊胡乱吊着，有的拄着不知什么材质的棍子，各自朝着未知目的地前行，衣服上的血污早就暗淡，比这更显暗淡的是那一张张沮丧的脸。佟麟阁很想拦住其中一位说些什么，满肚子的话，到了嘴边却硬生生咽了回去。能说什么呢？他不由得暗自叹了一口气。

前面是一处院落，石墙低矮，木门破旧，没什么特殊之处，佟麟阁正要缓步走过，却被院内的一阵读书声吸引了，不由得停住脚步。

"枯叶落，愁难拓，寒愁怎敌锦衾薄……"一个稚嫩的男童声音。

"哦？《将军令》？"佟麟阁略一回想，眼前就出现了自己在舅父家读书时的情形，脸上露出一丝笑意。

"胡未破，人离落，鬓霜不惑，岁月蹉跎……"男孩儿继续大声朗诵着。

"莫，莫，莫。"佟麟阁跟着背诵起来。

"残夜半，旌旗乱，征战沙场几人还？"诵读到这里，男孩儿的声音突然低了下去，貌似进了屋。佟麟阁却接了下去，"佳人盼，倚阑干，横刀仗剑，戎马立前，战！战！战！"

"战！战！战！"佟麟阁嘴里反复咀嚼着这个"战"字，

渐渐地，感到双腿正在从苏醒的大地中汲取能量，当他又走出去十几步之后，浑身像发了高烧那样滚烫，他知道，自己该有所行动了——沉默、沮丧、迷茫，不该属于他佟麟阁！

佟麟阁无心再继续闲逛下去，趔身回转，大踏步朝省政府而来。

家事国事天下事，他还有很多事情要做。

摸透了国民政府的脉，日军的狂妄之心很快膨胀，察哈尔省与热河省的交界处，开始有大量日寇集结，不仅威胁张家口，而且威胁京津地区的西大门。形势急转直下，再不采取抵抗行动，国土将继续沦丧，百姓将继续遭殃。

在佟麟阁等老部下的支持下，冯玉祥基于民族大义，决定与中国共产党地下组织合作，利用其在西北军旧部的影响力，在察哈尔省组建一支义勇军，全力抵抗日军侵华。佟麟阁又有了明确的斗争方向，像找准目标的弓箭，在极短时间内，他拉满弓绷满弦，终日奔走，积极配合冯玉祥的抗日宣传活动，全身心投入到了各项筹备工作之中。

还在山西汾阳隐居时，冯玉祥有一支苦心保存下来的三千人的卫队，为有朝一日东山再起，冯玉祥以这支队伍为基础，在汾阳县城开办了一所军官学校，当时就由佟麟阁具体负责训练事宜。如今，为尽快组建抗日队伍，冯玉祥电调军校学员前来察哈尔。1933年4月底，这支队伍抵达张家口，随即扩编成师。该师三个团的团长均系共产党员。这支素质过硬的队伍，作为冯玉祥的基本力量，由佟麟阁统一指挥。

在大义面前，在冯玉祥、佟麟阁等人的感召下，国人的抗日热情愈加高涨。

大批从热河溃退下来的东北义勇军投至冯玉祥麾下。

许多西北军的旧部也来了。一直致力于抗日反蒋的原西北军将领方振武，与冯玉祥取得联系后，于3月上旬紧急从上海赶到山西，与旧部共同组建了抗日救国军，并于4月上旬从山西介休出发，千里迢迢赶赴张家口。部队行进至邯郸，南京政府不给火车，方振武毅然决定率部徒步北上。为了抗日，受再多委屈，吃再多苦，这群汉子也认了！部队到达定县后，时任北平行营主任的何应钦派人去告诉方振武："抗日之事中央自有计划，不可操之过急。"蒋介石亦电令方振武："取消抗日救国旗帜，部队只能南开去剿红军，不许北上，否则要牵动大局。"方振武拒不执行蒋介石的命令和何应钦的无理要求，继续率部北上。何应钦调集七个师的兵力进行堵截。方振武身先士卒，击溃何应钦堵截部队。就这样，这支队伍用去近一个月的时间，硬是走到了张家口。

更多的力量仍在不断涌入。

一些有着爱国思想的土匪、会党也加入进来。甚至蒙古族的地方武装，也纷纷投至冯玉祥的大旗之下。

这一时期，中国共产党发动北平、天津和太原等地的大批学生和青年，也来到张家口参加抗日同盟军，从东北、热河到察哈尔，愿意抗日的部队，都云集于同盟军的旗帜之下，同盟军迅速发展到十几万人。与此同时，有大约三百名共产党员在协助冯玉祥筹建抗日同盟军，有的负责起草《抗日同盟军纲领》等文件，有的负责联络党所影响的武装力量向张家口集中，有的经蒙古国远赴苏联试图取得外援，有的帮助冯玉祥召集旧部和组织抗日武装……在民族危机进一步加深的情况下，中国抗日救亡运动以不可遏制之势，蓬勃兴起。

南京、上海、北平、天津各界人民纷纷集会，要求南京政府积极抗日，收复失地，并捐款购买飞机，献给抗日军队。甚至连五台山的僧人也出家不忘爱国，组织了"僧界救国会"，训练中年强壮的僧人，随时准备参加抗日。远在海外的华人华侨也通电呼吁抗日。千万颗滚烫的爱国心汇聚到了一起，一支支抗日队伍的洪流汇聚到了一起。

这种力量，势不可当。

佟麟阁日夜期盼的这一刻终于来临。

1933年5月24日，冯玉祥在张家口宣布成立"察哈尔民众抗日同盟军"，自任察哈尔省主席，佟麟阁任同盟军第1军军长兼代理察哈尔省主席。并发表通电，揭露国民政府的妥协政策，宣布将独立与日本侵略者作战。

察哈尔民众抗日同盟军的成立，得到全国各界的热烈拥护，许多群众团体、社会名流以及高级将领纷纷致电冯玉祥等表示支持和祝贺。到了1933年6月15日，察哈尔民众抗日同盟军共有人十二万，枪支约十万，兵力十分雄厚。

这是万众一心的时刻，这是令人欢欣鼓舞的时刻。

这些日子里，佟麟阁始终处于繁忙与亢奋之中。他不仅积极支持冯玉祥武装抗日，还与吉鸿昌、方振武等二十六名将领联名通电全国，庄严宣布：重整义师，为民族生存而战，克复察哈尔省失地，再图还我河山，东三省及察哈尔省不收复，此誓不渝。

兵者，贵于神速。

确立战略目标后，佟麟阁立即与北路前敌总指挥吉鸿昌、总司令方振武配合，并指令自己所部第1军第2师直接归吉鸿昌指挥，出兵张北，积极收复失地。

6月21日，同盟军兵分两路，向蚕食察哈尔的日伪军发起反击。其中一路有第5路军、察哈尔自卫军等部队，先北上张北，另一路骑兵第3师周义宣部向东前往赤城，再北上。

22日，北路同盟军第一梯队第5路军邓文部，从张北直取康保。防守康保的是从东北调来的伪军崔兴五部，仅几个小时的战斗，就被击溃。同盟军占领康保。

23日，第5路军和察哈尔自卫军从康保出发进攻宝昌，李忠义部从张北直插沽源，和占领赤城的周义宣部共同攻打沽源，伪军刘桂堂部慑于同盟军的声势，和吉鸿昌接洽反正。冯玉祥遂委任刘桂堂部为同盟军游击第6路，沽源收复。

7月1日，同盟军猛攻宝昌，城中守军是伪军张海鹏部和溃逃的崔兴五部。邓文部原属东北义勇军，遇上东北伪军，仇人相见，分外眼红。在同盟军的猛攻下，伪军弃城逃往重镇多伦。

在多伦，同盟军首次遇到了日本关东军。

多伦为察东重镇，是察哈尔、绥远、热河三省之间的交通枢纽。日军攻占热河后，派出日伪军将其占领，驻扎了关东军骑兵第4旅团三千多人，加上建制完整的伪军李守信部，溃逃而来的伪军崔兴五、张海鹏部，又有炮兵部队，战力十分强悍。日军在城外又修筑了三十二座碉堡，用交通壕连接，作为外围阵地，由伪军驻守。同时，在丰宁一带，还有关东军第8师团为外援。

强敌面前，英勇的中华儿女们没有退缩。

4日，同盟军开始进攻多伦，战斗三天，令日伪军疲于应付。

7日，吉鸿昌下令总攻，同盟军邓文部、李忠义部、张凌云部同时发起猛攻，吉鸿昌也亲临前线督战，一举攻破多伦外围阵地。日伪军被迫退回城内。同盟军暂时休整，到了12日，在一批伪装成回民商贩进入城内的同盟军士兵的配合下，突然发动全线进攻。同盟军爬城三次，终于攻入城内，与日伪军白刃格斗长达四个小时，日伪军终于不支，从东门突围，向关东军第8师团靠拢。

至此，察东四县全部收复。

捷报传开，饱受屈辱的国人无不欢欣鼓舞，各抗日团体纷纷发来贺电。佟麟阁更是欢喜得像个孩子。然而，冷静下来后，他却以敏锐的眼光发现：目前，同盟军面临的局面并不乐观。

冯玉祥雄踞西北和华北多年，虽然西北军已在中原大战后瓦解，但仍有许多旧部分散各地，影响力依然很大。蒋介石一直很担心冯玉祥东山再起，如今同盟军又与共产党合作，大有蓬勃发展之势，面对这股新生力量，蒋介石政府当然欲除之而后快，为此公开声明不承认同盟军的合法地位，断绝内地与察哈尔省的一切联系，禁止枪弹、粮食、医药从内地进入察哈尔，在做着军事围剿准备的同时，蒋介石还派出大量政治掮客、间谍人员，对同盟军各部进行分化、收买等活动。

蒋介石如此对待同盟军，正中日伪军下怀，他们借机派出两万兵力大举反攻多伦，客观上形成了对同盟军的夹击包围，使同盟军处于十分危险的境地。在经过攻打四县的战斗后，同盟军弹尽粮绝，失去继续进攻的能力。

8月初，日本关东军分两路入侵察东，北路攻多伦，南路打沽源，吉鸿昌部奋力抵抗，暂时迟滞了日军的攻势。但是，缺少后勤补给的同盟军早就举步维艰，呈现瓦解之态。冯玉祥鉴于同盟军经费已然断绝，枪弹粮食均无法补充，既无外援，内又不稳，不得不和国民政府接洽，宣布同盟军归顺中央，他个人辞去同盟军司令之职，解散同盟军司令部，各部任由去留。

不久，心事重重的冯玉祥回泰山隐居。

身经同盟军由盛至衰的整个过程，佟麟阁感觉就像做了一场轰轰烈烈却又转瞬即逝的梦，满腔的报国志被兜头泼了一盆冷水。有些事情，非他所能左右，这令他既痛心疾首，又无可奈何。宋哲元回察哈尔主政之后，佟麟阁随即卸去一切职务，退居北平香山，在侍奉双亲的同时，以期再有报国之机。

将军令（四）

我追寻的脚步依旧前行。

在高阳县烈士陵园，有一座展厅，早已被列为爱国主义教育基地，由边镇江老师负责管理。在这间不是很大的展厅内，我不仅看到了佟麟阁将军的简要事迹，还看到了很多抗战时期的实物。大概是军人出身的缘故吧，关于当时双方武器装备的介绍以及图片、展品，引起我极大兴趣。

两把锈迹斑斑的日军刺刀已被岁月尘封了戾气，此刻像两柄木制品，给人一种奇怪的单薄、虚假感，但我知道，它们曾经寒光闪闪，曾经耀武扬威，曾经凶恶残忍，至于有没有刺入过哪位中国人的身体，只有使用者会知晓。不过，他们也早已灰飞烟灭了吧！

然而，这冰冷而锈蚀的存在，却证明了一切。

时间可以让沧海变为桑田，可那些沉重的记忆，不仅永久地留存下来，且在我们心中它只会越来越重。对于中国人而言，在长达十四年的抗战中，数以千万的生命为此陨落，血与泪已成汪洋，又怎能令人忘却？

忘记历史，就意味着背叛。

展厅没有空调，闷热使我不得不收回纷杂思绪，将目光锁定在了抗日军民使用的武器装备上。不知为何，这些皆已锈迹斑斑的钢铁之物，总能令人的心很快揪起来。若眼前的物品不是武器装备而是生产工具的话，这种感觉会变得轻松些吧。

在"高阳一代精英，佟麟阁烈士"的展板前，边镇江老师给我详细介绍了将军生平，言谈举止间，满是敬佩与自豪——佟麟阁是国家的英雄，更是高阳的英雄！望着佟将军俊朗的军装照，感受着他那溢出岁月束缚、扑面而来的英气，我也难掩崇敬之情。

那是多么艰难的岁月啊，但是，千千万万中华英雄儿女并没有屈服于强敌，而是满怀希望与激情地拿起简单甚至简陋的武器，与日寇拼死相搏，终致迎来全面抗战的伟大胜利！

在实物展柜前，我无法不久久驻足。

已经去掉装药如今更显陈旧的木柄手榴弹、人民自卫军使用的军号、抗战时期高阳爆炸厂生产的地雷……一件件实物、一张张图片，将人带回到了那个战火纷飞的年代。那张"打击日寇用的马尾弹"的介绍展板，令我心潮再次起伏。在很多抗战纪念馆中，我见过诸多抗日军民使用的武器，什么一次只能装填一发子弹的自制撅枪、用石头做的地雷、用铁管与核桃木做成的鸟铳或者"大抬杆"……但这种马尾弹，是第一次见。

回来后，我特意查了一下相关资料。

马尾弹，也叫麻尾弹、马尾手榴弹、麻尾手榴弹。带有触发引信，拴有一条长近半米的麻、棕或皮条制成的绳辫，"麻尾""马尾"之名即来于此。使用方法类似投石带，用手握住绳辫末端，抡圆后甩出，近距离时直接手握弹体投出，弹体在空中飞行时绳辫拖在后面，确保弹体前端着地发火。弹壳卵形，生铁铸造，外径约五十五毫米，长约九十三毫米，弹体有预制纵横小槽，装有撞针、撞针簧、底火等组成的着发机构，用保险栓保险，无外壳保护。在北伐时期、土地革命战争时期、抗日战争时期都曾大量使用……

看起来很厉害的样子。

然而，马尾弹却有其致命弱点，不能空爆，容易哑火，不适合林地使用，搞不好就缠在树枝上了，还受地形限制，特别是向高处目标投掷，需要增加投掷角度，还有逆风时更不利于投掷。

即便这样的武器，抗战军民也曾经大量使用！

留意过一个观点，说是当年在侵华战争中，日本陆军的轻武器优势并不明显，甚至在很多方面要弱于中国军队，只是在重武器和军事素养上比中国军队占优势。这观点应该和史实没有太大出入，只不过，单就这个"重武器占优势"，已让中国军民付出太过惨痛的代价了。

何况，在抗战初期，蒋介石政府遵循"攘外必先安内"

的不抵抗政策，导致拥有优良装备的部分中央军也不堪一击，节节败退成为常态，终使大片国土沦丧。而真正在一线抵抗的军民，又能有多少称手的家伙什儿呢？

喜峰口战役时，国民革命军第29军因是冯玉祥的老底子，南京政府并不待见，根本不予以装备补给，无奈之下，勇士们才挥舞大刀向敌人的头上砍去——如果有大炮、有坦克、有飞机，抗战军民何至于有那么惨重的伤亡啊！

诚然，决定战争胜负的是人，但武器装备的作用，绝不容小觑。

抚今追昔，中国能进入全面复兴的时代，中国军队能进入装备快速更迭的时代，实属不易，这是亿万国人用汗水、泪水、血水换来的。

和平，值得每个人珍惜、护卫。

第五章　黑云欲压境

心 存 万 里

1934 年，北平。

这是个星期天，早晨的太阳像没有煮熟的鲜嫩蛋黄，贴在东方的天空中，整座城市像被一汪温暖的淡色金水沐浴着，街头巷尾再也不见了冬的痕迹，更有一些深宅大院飘出幽幽的花香，将春的气息渲染得愈加浓烈。呈现在眼前的安宁景象，很容易让人忽略一个冷酷的现实——北平城内依旧驻扎着两个营的日军，城外，有大批日寇垂涎三尺觊觎着这座古城。

此刻，一宿酣梦过后，享受着春日阳光的温柔抚摩，多数人的脸上当然是平和、恬淡之情。也有急匆匆的，只不过是为了在新的一天中多努力一些，多收获一些，以养活自己和家人。日子总是要过的，总是要向好的一面看的，在没有被残酷的事实击醒之前，普通人的视野又能延伸多远呢？

街头巷尾，很快恢复了昨日的喧嚣。有骑着自行车在人群中龙行蛇走的，有拉着黄包车载着客人竭力奔跑的，也有在路边茶摊喝茶聊天的，更显悠闲的是拎着鸟笼在街头迈四方步的顽主们……

谁又知道明天会发生什么呢？

在人们美好的愿望中，明天，或许与今天一样，是个平静祥和的日子吧！

上午八九点钟，天坛公园的一角，人流已经很密集，卖各类小吃的，摆地摊出旧货的，蹲着下棋的，看相算卦的，更有端着破碗乞讨的——人声嘈杂，仿佛各个行业都派出代表参与了这个盛大的集会。天坛公园，明清两代皇帝祭天和祈祷五谷丰登的地方，随着二十多年前末代皇帝被赶出京城，这里成了人们休闲娱乐的场所。

为了各自的目的，人们有条不紊地忙碌着。

此时，不远处走来一个中年男人，他个子高大，鼻直口阔，双眉浓重，目光深邃，穿一身灰布大褂，脚步不急不缓，看上去很像一位饱读诗书的学者，但他手中拎着的麻袋，又把人们搞糊涂了。

此为何人？

这人正是隐居香山的佟麟阁。由于赶路，他觉得有些热，额头上渗出细密的汗珠，在阳光下一闪一闪的，但他仍未解开大褂的领口，更没去管头上的汗，而是径直来到人群最集中的地方，找了个青石台，一边跟身边人打着招呼，一边将

110

麻袋放在上面。

"老板，卖什么东西？"有人好奇地问。

"宝贝。"佟麟阁笑着说。

立即有六七个人拢了过来。

"什么宝贝？怎么卖的？快拿出来瞧瞧哇！"人们七嘴八舌。

"卖是不卖的，大家感兴趣的话，可以随便翻阅。"佟麟阁慢条斯理地说着，从袋子里拿出一摞书来，开始摆放。有明代杨继盛的《杨椒山公家训》，有清初六大师之一的李颙所著《二曲集》，还有《周易》……各种书籍令人目不暇接。原来，辞去一切职务隐居香山后，为抚平因抗日同盟军被解散而导致的悲愤心情，佟麟阁开始寄情于读书、写字、摄影。为了更多地汲取知识的力量，只要一有时间，他就奔走于京城各个古旧书店，去收集淘选经典国学书籍。他不仅自己读，还会拿到公园里与人共享，碰到投缘的，更会免费送上几本。在佟麟阁看来，这些先贤所著之书，能够启迪人们的思想，唤醒沉睡的国人，多一个人去读，中国就多一线希望。

佟麟阁正与大家谈论着杨继盛的忠烈故事，不远处突然传来一阵童谣："恨煞了中国人，快活了日本鬼，气死了冯将军，羞死了何应钦……"声音由远及近，干脆清晰，佟麟阁不由得扭头望去。

几个衣衫破烂的孩子从一簇月季花后面闪出，蹦蹦跳跳的像群小鹿，朝这个方向而来。春日的阳光正笼罩在他们的头顶，灿灿的，暖暖的，参差不齐的身影给人一种从天而降的感觉。佟麟阁的眼眶一热，急忙揉了揉双目，像是被阳光晃了。

"过来，到叔叔这里来。"佟麟阁朝孩子们招手。

有几个月了吧？这首童谣，佟麟阁时不时会在街头巷尾听到，每一次听，都会心潮起伏。察哈尔民众抗日同盟军之所以在刚刚兴起且迅速壮大之时就被无情扼杀，正如童谣所说的那样，是在日伪军与蒋军的合围之下才导致的，若非蒋介石为了一己之利而弃民族大义于不顾，中国的抗战何至目前这种局面啊？！

佟麟阁非常喜欢孩子，孩子们是活力，是希望。在家里，自己的六个儿女他还疼爱不够，在天坛公园的一角，他又跟几个陌生的穷人孩子席地而坐。孩子们每人手里都有一样小吃，那是佟麟阁给他们买的。见孩子们很开心，佟麟阁更是喜上眉梢。

"叔叔给你们讲了同盟军的故事，想不想再听一个？"佟麟阁笑着问。

"想。"孩子们齐声高呼，还有一个小男孩儿拍起手掌来。

"好吧……"佟麟阁想了想，看到旁边的一棵树上正有只毛毛虫在朝树冠慢慢爬，于是站起身，用一根树枝将它挑起来，放到了地上。

"哇，好丑的毛毛虫！"有孩子尖叫起来。

"是啊，的确不好看。"佟麟阁笑得也跟孩子似的，"不过，别看现在毛毛虫长得丑，可将来有一天，等它化成蝴蝶的时候，不就漂亮了吗？"

"啊？蝴蝶是毛毛虫变的？"最小的那个小男孩儿惊讶道。

"没错。"佟麟阁摸了摸他的小脑袋瓜，"所以说，只要努力，哪怕是最丑的毛毛虫，也能变成美丽的蝴蝶。"

孩子们一个个你看看我，我看看你，明亮的眼睛眨啊眨，陷入了遐想。

佟麟阁已然看到了未来，深邃的目光中饱含着怜爱。几个月的时间过去了，如今的他，虽然离开了察哈尔省，虽然过上了闲适的日子，但他内心的焦虑无时无刻不在增加。他不希望看到中国的大地一点点被日寇吞噬，可他目前又无能为力，只能将精力放在练字、摄影、读书上，这哪儿是他真正想要的生活啊！为了弥补暂时的缺憾，即便是有一点儿机会，他也会不遗余力地将进步的思想灌输给身边人，特别是孩子们——他们是这个国家的希望。

看看已是中午，佟麟阁在附近找了家小店，请几个穷孩子吃了顿饱饭之后，他就返回了香山的家中。妻子和母亲正在纺线织布，几个孩子正趴在书桌上读书写字，见他进来，孩子们呼啦围了上来。

"凤鸣吵吵着让你带她学骑马呢！"彭静智停下手中的活儿，望着丈夫说。

看了看快要长到自己肩头高的三女儿，佟麟阁笑着说："好啊，一会儿先跟我给院里的果树修修枝、施施肥，完事就带你去。"

三姑娘凤鸣，如今已经十二岁，自认为是大姑娘了，此刻听父亲这么一说，高兴得差点儿蹦起来。

佟麟阁也想带着次子佟兵去，考虑到他年龄还小，最后只得作罢。

其实，佟麟阁看似赋闲在家享受着难得的天伦之乐，读书写字、谈经论道也增长了学识，陪着女儿练骑马、带着孩子们在院里种瓜点豆，也陶冶了情操更锻炼了体质，但他的心却一直在军营里，他就像一匹注定要驰骋疆场的战马，如今被囿于这方寸天地里，又如何能让他畅怀呢？

不在其位不谋其政，这话在佟麟阁身上并不灵光。

抗日同盟军被撤销后，宋哲元率第 29 军回防察哈尔省。从老部下那里，关于日军的动向一个又一个地传到佟麟阁的耳中，每一条消息，都像一根坚韧的铁丝，硬生生牵动着他的心。只不过，皆为坏消息。

春去夏来，夏尽秋至，仿佛只在一转眼的工夫，已经过了霜降，眼瞅着立冬已经在前面频频招手了。这天下午，佟麟阁正在院中修剪枯了叶子的葡萄藤，打算下架埋进土里。九岁的次子佟兵也在一旁帮忙，只不过总是帮不到点儿上，时不时因笨拙的动作吸引了佟麟阁的注意，让他觉得很有意思。父子俩正其乐融融地忙碌着，突然院门咯吱一响，有个身影闯了进来。

"捷三兄，挺会享受小日子嘛！"来人风一般刮到佟麟阁面前，让他顿时笑逐颜开。原来，客人是第29军的一位团长，进北平公干，办完事后特意来探望一下老上司。

"哪阵风将你吹来啦？"佟麟阁故意问道。

"西北风。"

两人一起哈哈大笑起来。佟麟阁急忙放下修枝剪，将客人引进室内，佟夫人很快奉上了热茶。

这位团长当然晓得佟麟阁最想知道什么，寒暄几句便转入正题，向佟麟阁汇报了一下日军的最新动向。佟麟阁听后，随即双眉紧蹙，之前的好心情也被忧虑与激愤替代。

就在前不久，日本天津驻屯军派出八名日军，在中佐川口的带领下，由张家口出发，前往多伦，进行所谓的"旅游"，实则是沿途刺探中国军队的布防情况。

当时，为了防御日寇入侵，已任师长的赵登禹奉命率第29军第132师驻扎在张北。这伙日本兵途经张北县的南门时，被132师的卫队拦住，并进行例行的检查。谁料，日本兵的态度极为嚣张蛮横，于是双方因旅游护照的检验引发纠纷，彼此争执了四十分钟后，中方一名懂日语的人员赶到现场进行了调解，最后准予放行。

在中国的土地上检查外国军人的证件，这是中国军人理所当然的权力。然而，由于蒋介石政府的绥靖避战政策，日寇早就习惯了在中国横行霸道，如今哪儿受得了这种阻挠，立即借此大做文章，其驻张家口代理领事桥本以赵登禹部卫兵侮辱日本外交官、军官为由，先向第29军参谋长张维藩提出抗议。几天后，日方又在北平向第29军军长宋哲元提出抗议。

"那……宋军长什么态度？"佟麟阁担忧地问。

"目前尚未可知，兄台你也知道，宋长官绝非惧怕日本人的。"团长答话道。

"唉，明轩兄的爱国气节我是晓得的，怕只怕……"佟麟阁欲言又止。

"仁兄的意思……"这位团长抬下颏点了点南方，"是怕那里妥协？"

"正是。"佟麟阁说罢，叹了口气。

回师营帐

佟麟阁的担心果真成了事实。

1934年11月25日，为了不给日军留下借口，避免事态扩大，在南京政府的示意下，宋哲元竟然命令赵登禹因"张北事件"向日方道歉！这令刚烈血性的赵登禹气得牙根直痒痒，却也无奈。然而，事情到此并未结束。几天后，迫于压力，宋哲元又免去了当事者、也就是实施检查日军的那位连长的职务。日方见中方节节退让，愈加蹬鼻子上脸，驻张家口特务机关长竟要求中国军队退到长城以内。这次，面对日寇的蛮横，宋哲元没有退让，但考虑到要保存实力，也没有硬生生顶回去，而是说此事应与中央政府交涉，将日方打发了。

时刻关注事态进展的佟麟阁，很快获知了这一消息。

凭借对日军的熟悉，佟麟阁认为事情不会就此了结，日寇肯定还有进一步的动作。为此，他通过老战友，及时提醒宋哲元军长一定要做好应对准备。那段日子，佟麟阁的心中再次燃起熊熊烈焰，他既痛恨日寇的恣意妄为，又怨恨南京政府的自私与软弱。他知道，第29军的同仁们没有惧怕日本人的，当年喜峰口战役，弟兄们已经打出了自家威风，打出了中国人的志气。然而，像赵登禹这样的汉子，愣是被南京政府束缚住手脚，不得不向日本人道歉，这是多么大的羞辱啊！蒋介石啊蒋介石，你自废武功也就罢了，你还要让所有中国军人都自废武功吗？

还在张家口担任警备司令时，佟麟阁曾在察哈尔省政府大楼内碰到过一次蒋介石，后来，蒋介石还托人送给他一张自己的八寸头像。收到这张照片后，佟麟阁想都没想，就随手将其丢到了一边。如今看来，自己对蒋介石的判断没错，这样一个只为利益而战的伪君子，怎能担当国家大任？！

将手中的报纸放回桌上，佟麟阁愤然起身，来到了院中。已是深夜，冬日的风从西北方向疯狂地刮过来，像一群饿狼围着佟麟阁打转，掠走了他脸上仅存的热量，也让他燥热的心平复了许多。激动是解决不了任何问题的，今后，还是要多提醒一下明轩兄为好，他率领第29军坚守对日一线，承受着来自南京政府和日寇的双重压力，难免会有判断失误的时候。想到这里，佟麟阁挺了挺胸膛，伸展了一下双臂，抬起了头。夜色如墨，苍穹中却满是繁星。今晚的星星格外大、格外亮，像一颗颗亮晶晶的眼睛在注视着苍茫的中华大地。尤其那条镶满钻石的银河，给人感觉真的是在流淌，美得令人眩晕。佟麟阁忘记了周身的寒冷，被这大自然的浩渺与雄美深深震撼。

"守卫家园，守卫和平，守卫这份生活的美，是你佟麟阁毕生的使命！"一个庄严的声音由天而降，像一颗颗子弹，更像一颗颗流星，直击佟麟阁内心，他浑身猛地一抖，再次充满了力量。

不出佟麟阁所料，日寇对察哈尔省的窥探，越来越猖狂。

1935年的初夏，日本关东军驻阿巴嘎特务机关又开始蠢蠢欲动。5月底，四名日本特务再次以"旅游"为名，乘汽车由多伦前往张家口，一路偷偷摸摸绘制地图。6月5日下午，几个特务开车行至张北县城的北门时，被132师的哨兵拦下，例行检查他们的护照。这几个日本特务根本没护照，却未将中国士兵放在眼里，堂而皇之地出示了多伦特务机关签发的身份证。中国哨兵毫不犹豫地将四人扣留，并移送师军法处。考虑到去年发生的事，赵登禹师长强压心头怒火，没有刁难几个日本特务，而是令人招待酒饭，同时向察哈尔省政府电话请示处理办法。宋哲元为避免事态再次恶化，遂下令放行。

翌日上午，几个日本特务被"礼送出境"。

然而，面对凶恶的野兽，退让只会换来更大的伤害。

日寇早就将具有"排日思想"的第29军视为眼中钉了，没缝儿还要叮三口，如今终于再次找到借口，妄称几个日本特务在张北受到了"非法监禁"，甚至被"大刀威胁"，还"不让吃饭和睡觉"，随即向中方发难，大言不惭地说"宋哲元曾经允诺日本人可以在察哈尔省自由旅行，不必检查任何携带物"，要求第29军向日军道歉，惩办相关人员，同时移驻长城之西南，不得再行"侵入"。限中方五天内答复，否则"将采取自由行动"，真是赤裸裸的欺压，赤裸裸的无耻。

面对日寇的威逼，国民政府竟然免去了宋哲元的察哈尔省主席职务，让副军长、察哈尔民政厅厅长秦德纯代理省主席，以为这样就可以稳住日方。宋哲元极为愤怒，遂决定回天津养病，在离开察哈尔前，他在张家口火车站公开大骂道："谁再相信蒋介石抗战，谁就是傻瓜笨蛋！"

南京政府的妥协，换来的是日寇更大的胃口。

6月23日晚，日军特务头子土肥原贤二以"私人拜会"为由，闯入秦德纯在北平的住宅，和一直拒绝接见他的秦德纯会面，提出事先拟定的"要求事项"，并在后面加上了"承认日满对蒙工作""招聘日本人为顾问""协助日本建设机场、设置无线电台等军事设备"等六项"特别期待事项"。

与秦德纯会谈时，土肥原极为嚣张，他见秦德纯不同意日方的要求，于是嘿嘿一笑，眼睛射出两道恶狠狠的光，说："秦将军，你的知道，一个国家外交的后盾，是什么？"

想到南京政府下达的"斟酌情势办理"的懦弱指示，秦德纯感到后背一阵阵发凉，眼见日本人如此跋扈，不由得气得浑身发抖，军人的血性使他猛然站起身，大声吼道："那么，你们就派军队来进占察哈尔好了！第29军就是剩下一兵一卒，也要拼战到底！"说话间，他撸起袖口，恨不得痛揍土肥原一顿。然而，心中怒涛翻涌的同时，秦德纯又不得不强迫自己按捺住冲动，终致怒火攻心，当场吐血，倒卧在沙发上。

退让，一而再再而三地退让。

最终，在南京政府的指示下，秦德纯无奈地与土肥原签订了《秦土协议》，割让察东六县，第29军撤到了张家口以南，导致冀察大部主权丧失。一个国家的领土主权，竟然能以个人的名义来决定，想来真是悲哀！真是可怜！

隐居香山的佟麟阁得知该消息后，一连三天，气得没能说出一句话。他的内心，快被烧焦了。

佟麟阁再也没了闲庭信步的雅致，每天都在煎熬中等待重新报国的时机早点儿到来，但这个时机却像陷入了沉睡一样，左等也不见醒来，右等也不见醒来，让他真真体会到了什么叫度日如年。

对内残酷镇压、对外软弱无能的政府，面对强敌入侵时，在没有触及自身统治地位时，只会有一个选择——不断出卖国家和民族利益来讨得苟且，以此来维持其统治。蒋介石领导的南京政府更甚，就在《秦土协定》签订前，还与日方签订了另一个丧权辱国的《何梅协定》，将统治阶级的不要脸发挥到了极致。

报国无门，令佟麟阁悲愤不已，他恨不得独自端起枪去北平城外杀鬼子。可就在这个全民都怒吼"抵抗、抵抗、抵抗"的关键时刻，国民党中央军、东北军，以及党务、特务机关竟然陆续从河北撤出，从平津撤出。当人们明白这是南京政府向日寇妥协的结果时，平津地区已然出现了权力真空。没了政府，没了军队，各种魑魅魍魉、宵小之徒开始粉墨登场。在日本人的支持下，前西北军将领石友三纠集汉奸白坚武、潘毓桂以及几千号地痞流氓，在宛平"起事"，打起了"自治"的旗号，公然向北平进军。

消息传开，举国震惊。

善良而无奈的中国人，快被一个又一个"震惊"搞麻木了。

此时，放眼望去，北平周围除了宋哲元的第29军外，再也没有其他中国军队了。军委会北平分会眼看危机来临，手中却无兵可用，顿时慌了手脚。趁此机会，曾在第29军任过职的军人政客萧振瀛说服军分会众人，准备急调第29军前来救驾。

宋哲元正怀揣对当前局势、对蒋介石政府的极度失望，在天津家中"养病"，心灰意冷的他，不知所率第29军的前途命运如何，更不知属于这支军队的地盘在哪里，四顾茫然之际，接到北平军分会的求救电话，顿时喜出望外，立即电令属下冯治安的第 37 师火速赶往北平。

第 29 军的将士们的确争气。

37 师上午从张家口出发，全程一百二十公里的距离，竟然在下午就进驻了北平西苑军营。石友三、白坚武、潘毓桂等人哪敢与第 29 军为敌，见大势已去，只得狼狈地逃向天津，后来又在日本人的保护下，逃往东北。

宋哲元的第 29 军终于在冀、察、平、津站稳了脚跟。

迫于现实需要，1935 年 8 月 28 日，南京政府正式任命宋哲元为平津卫戍司令、冀察绥靖主任兼河北省主席，两个多月后，宣布撤销北平军分会。又过了几天，在何应钦、秦德纯、萧振瀛等人的组织下，成立了冀察政务委员会，宋哲元任委员长。

有了自己的地盘，第 29 军面临的军事局面仍极为不利。

北有日寇重兵压境，南有国民党嫡系部队扼守黄河，西有晋军封堵，东为万里汪洋。这支军队的高级将领们很快意识到，倘若第 29 军没有做好充足准备，战必亡，不战也亡。只有像两年前在喜峰口那样，敢于亮刀，坚决抗日，才能争取到全国人民的支持，才能在绝境中谋求生存。

为充实力量，第 29 军加紧了部队的扩编和训练。

由于在民众心中是一支抗日的部队，第 29 军的兵员得到了迅速补充。在这种情况下，宋哲元发现，自己手下奇缺那种既能抓训练又会抓管理的得力干将。他第一时间想起了赋闲在家的佟麟阁，于是连写三封书信，力请佟麟阁出山，助自己一臂之力，替自己分担重任。与此同时，冯治安、赵登禹、张自忠和刘汝明四位师长，这些佟麟阁昔日的老部下和挚友，也联袂相邀，请他重返军营，共同抗日。

国难当头之际，佟麟阁欣然接受邀请。

宋哲元随即任命佟麟阁为第29军副军长兼军事教导团团长，负责军事，坐镇南苑。

属于佟麟阁的报国机会来了。

利刃高擎

花甲之年的李尧臣曾是一位走南闯北的镖师，更是一位经历无数惊心动魄大场面的武术家，因为过去经历，他自诩不是个多愁善感的人。然而，这一天，当他看到佟麟阁以第29军副军长的身份，重新站在台上给官兵们讲话时，李尧臣的内心柔软得像个孩子，悄悄湿了眼眶。从1931年至今，五年的时间过去，他仍清晰地记得当年冯玉祥对佟麟阁的评价——善练兵，心极细。

佟麟阁的心细到什么程度呢？

在李尧臣的记忆中，经常会萦绕着佟麟阁给官兵们讲的一些接地气的道理，以培养大家爱国爱民的精神，这些话语，让人听起来特别熨帖，特别亲切，像李尧臣这个年纪的人，同样深受感染：

我们是为老百姓看家护院的。

我们吃的、穿的、用的，都是老百姓的血汗换来的。我们的父母、兄弟、姐妹都是老百姓。我们只有保护老百姓的责任，绝不能有骚扰他们的行为。

老百姓的一草一木，谁也不能强取擅用，否则就是扰民，就要受到纪律处分。尤其在战争时期，我们需要老百姓帮助的地方很多。

如有所需求，一定要和颜悦色地商量；买东西要按价付钱；借东西要打借条，用后归还，损坏赔偿，这是西北军的纪律。不能以为手中有枪，就横不讲理。

得民者昌，失民者亡。我们脱离了老百姓，什么事也办不成。

那年，正是在佟麟阁的感召下，正是在佟麟阁的邀请下，李尧臣才抱着"天下兴亡，匹夫有责"的信念来到第29军，担任了这个武术总教官。一晃几年的时间过去，考虑到自己年岁已大，再待下有可能拖累部队行动，李尧臣本打算离营回乡，尤其是佟麟阁不在军内的这两年，去意更甚。可就在前不久，佟麟阁不仅回来了，而且还是主抓军事训练。李尧臣的豪情又被激发了出来——人生难得一知己，佟麟阁懂他，他更懂佟麟阁，两人年岁上有差距，但保家卫国的心是相通的。

习武之人能为国家效力，也不枉世上走一遭，既然佟将军千回百转仍不减报国之志，咱也不能落了伍、掉了队啊。李尧臣暗自铆足了劲儿。

当初，由于佟麟阁的知人善任，李尧臣进部队没多久，就贴合实战需求，独创了一套属于第29军的"无极刀法"。

该刀法强化一种理念：刀本是刀，可劈；刀亦是剑，可刺。

官兵们使用的"无极刀"，也经过了精心设计，其长短与宝剑相仿，约为一米，刀面不像传统砍刀那么宽，仅比剑柄略宽；砍刀为一面开刃，而"无极刀"却是两面开刃，只有近刀把的地方才是一面开刃；为方便官兵们在使用时容易发力，"无极刀"的刀把长有八寸甚至一尺，作战时可以双手同时握持，全力砍向对方。

该刀法的精髓在于出刀时刀身下垂刀口朝向自己，一刀撩起来，刀背磕开对方刺来的步枪，同时刀锋向前画弧，正好砍在对方脖子上。劈、砍是个连贯动作，速度极快，对方来不及回防就中招了。

快、准、狠——要想杀退鬼子兵，就必须这样。

经过一段时间的摸索后，李尧臣认为第29军官兵的身体素质好，可以抽调骨干力量组成大刀队，由其直接传授"无极刀"刀法，再由他们传给全军官兵，以点带面，全面开花。这种想法得到佟麟阁的极大支持，得以迅速实施。数月后，大刀队就开始将练熟的"无极刀"刀法传给了全体官兵。

事实上，由于日本很重视海军、空军发展，陆军的轻武器并不占太大优势，因此，除去重武器外，他们更注重士兵的刺杀训练，单兵素质不容小觑。但在英勇的第29军大刀队面前，鬼子兵却占不到任何便宜。在喜峰口战役中，大刀队多次冲锋陷阵，夜袭敌营，砍杀鬼子数百名，砍得日寇鬼哭狼嚎，死伤互枕。喜峰口大捷，灭掉了鬼子的嚣张气焰，杀出了中国军人的血性，杀出了第29军的威名。

大刀直取人头，鬼子又特别迷信被砍头会变成孤魂野鬼，面对中国军队的大刀，他们发自内心惧怕，只好头痛医头，每人装备了一个"铁围脖"，以为这样就可以不被砍头了。于是，在接下来的战斗中，中国军队惊奇地发现，所有日军全部戴上了铁制的驴套子。可笑的是，这厚重的铁围脖非但没起作用，反而削弱了鬼子兵的战斗灵活性，导致伤亡更惨重。

李尧臣和他的"无极刀法"愈加名震四方。

此刻，身着军装的佟麟阁笔挺地站在台上，正慷慨激昂地宣讲抗日思想，李尧臣急忙收回心绪，和将士们共同凝神聆听起来。

"同仁们，东三省被日本人占去了，你们忘了没有？"

"没有！"士兵们发出吼声。

"是啊，我们谁都没有忘记，也不可能忘记！"佟麟阁攥起拳头，用力挥动着右臂，"作为有着硬骨头的中国人，我们应该怎么做？"

"誓死也要夺回来！"吼声再次响彻云霄。

"诸位同仁，请大家相信，"待将士们的吼声渐渐平息后，佟麟阁两眼炯炯有神地扫视了一下黑压压的队伍，嗓音洪亮地接着说，"请大家相信，当一个国家连小孩子都知道要爱国、要抵抗时，当一个国家的每位民众都知道要拿起枪、要抵抗时，这个国家就一定不会灭亡！"

"上阵杀敌，为国尽忠！"台下再次群情激奋。

待震天响的吼声又一次平息，佟麟阁看了看队伍最前面的一排新兵，突然笑了，声音也缓和下来："为国尽忠当然是我们军人的天职，但我们也不要无谓牺牲。"说着，他转身从旁边卫兵那里取过一支"汉阳造"，熟练地装上刺刀，"我见过有些弟兄因为第一次上战场，别说抢大刀，就是刺刀也不敢往鬼子身上捅。"

几个新兵嘿嘿地笑了。

"我相信，这些弟兄并不是胆小怕死，而是因为大家善良，咱以前都是普通人，没想过要拿刀捅人，但是，"佟麟阁眼中喷出了怒火，"鬼子是人吗？他们在中国的土地上烧杀抢掠，无恶不作，能将他们当人看吗？"

"不能！"

"我们不仅要敢用刺刀捅鬼子，还要敢用大刀砍下鬼子的狗头！"说话间，佟麟阁猛地转身，一个突刺动作，"汉阳造"的刺刀就深深扎进了旁边一根木柱，那碗口粗的柱身，竟然晃了几晃。

台下，别说是血气方刚的年轻士兵，连李尧臣这个已经满头华发的男人，也顿感热血沸腾，恨不得立即跟日寇干上一仗。

经过漫长而煎熬的等待，佟麟阁所期盼的抗战热潮终于涌来。

一二·九学生爱国运动之后，日本帝国主义侵占中国的阴谋被完全揭露，在中国共产党的领导下，华北地区出现了各爱国力量及广大民众积极支持第29军准备抗战的新局面。这让佟麟阁等爱国将领看到了抗日救国的新希望，也让他更加意识到了加强部队训练的重要性、紧迫性。

佟麟阁更忙了，尽管家人已经从香山搬到北平的东四十条胡同，距南苑营房比过去近了许多，他却很少有时间再回家了。

他的忙，是发自肺腑的。

他的忙，既是为了心中大义，也是大势所趋。

这样的忙，是佟麟阁此生的使命，更是他此生的夙愿。

他将全部精力都投入练兵备战之中。

一个漆黑的深夜，佟麟阁例行营区巡查，来到一个连队，在该连连长的陪同下，轻手轻脚地走进了士兵们的宿舍。训练了一天的士兵们睡得很沉，鼾声此起彼伏，反倒显得格外安静。佟麟阁很欣慰，正要转身朝外走，却发现有个士兵的被子动了一下，走近再看，原来他并未睡着。佟麟阁没说什么，装作没看见，带着连长来到了外面。

夜风习习，除了不远处来回走动的岗哨外，营区内再无他人，极为静谧。

"刚才没睡着的那个士兵是不是有什么情况？"佟麟阁低声问连长。

"报告长官，没啥情况啊……"年轻的连长突然又想起什么，"好像是今天下午他家里来了封信。"

"家里经常给他来信吗？"

"他入伍快一年了，一直没收到过家信。"连长如实答道。

"这样，明天你仔细问一下，看看是不是家里发生了什么事。"佟麟阁嘱咐道。

第二天，依旧很忙，但佟麟阁还是抽出时间将那位连长叫了过来。一问，昨晚的那个兵真是家中有事。他家是山区的，家境十分贫困，不久前父亲又得了病，需钱医治，而他将有限的饷钱攒在一起也还差着不少，这才导致夜里翻来覆去难以入睡。

佟麟阁听罢，忙从自己口袋里掏出几块银圆，让连长转交那位士兵。

此事不大，却像春天里的一阵花香，很快在官兵之间弥散开来，大家对佟麟阁这位兄长般的将领愈加敬佩，训练的劲头儿比过去更大了。佟麟阁不仅以身作则待士兵为手足，更要求手下的军官必须经常与士兵接近，了解他们在想什么，需要帮助解决什么实际困难，从而拉近了官兵之间的关系。他不仅自己百忙之中抽空练字读书，也很重视士兵的文化和技能教育，要求不识字的士兵在两到三年内务必达到能写信、能读书看报的水平，既要练好杀敌本领，还要学会一些生产技能，以便将来退伍后谋生。

事无巨细，但凡有助提高部队士气与斗志的工作，佟麟阁皆不遗余力。

在他看来，只要中国人同仇敌忾，早晚会将日本人赶出中国去，到那时，没了战争，没了硝烟，所有人都该享受和平的日子才是。但佟麟阁更清楚，此刻第29军乃至整个中国，面对的斗争形势极其紧迫，豺狼虎豹都在蠢蠢欲动，他必须忘掉个人的小日子，全身心投入到大集体之中，将这支有着抗日传统的军队训练成钢铁之师。

由于军阀混战时期遗留下来的风气，当时，部队里的军官仍有抱着老爷作风不放的，甚至经常出现以打骂去惩罚士兵的现象。对此，佟麟阁坚决反对。他重返部队抓训练以来，第一件事就是取消了过去的体罚，认为对士兵肉体的惩罚有违人性，关键是这种处罚不利于犯错者从根本上解决思想问题，反而容易激发矛盾，只有通过教育和帮助的手段，才能让士兵从内心认识到错误并改正。而对于一般性的小错误，他更是主张私下里规劝，不公开地进行批评。

在他的不懈努力下，第29军的军营内气氛更融洽了，官兵的训练热情也更高涨了。

为不久的将来能在战场上与日寇一决胜负，佟麟阁在严抓训练的同时，更注重培养部队的抗战决心。抵御外辱，抗日救国，为国尽忠……成为他经常挂在口边的话。

　　由于蒋介石政府对日的安协政策，在第29军的内部，仍有个别人不太相信上级，特别是怀疑高级军官的抗日决心。佟麟阁敏锐觉察到了这一点。为打消个别人的摇摆思想，更为全军上下形成合力，他及时组织召开了军人大会。在主席台上，佟麟阁二目炯炯，一身正气，谈到抗战决心时，他慷慨激昂地对全体官兵说："中央如下令抗日，佟某若不身先士卒者，君等可执往天安门前，挖我双眼，割我双耳！"

　　台下顿时掌声雷动，一片欢呼。

　　佟麟阁坚决抗战的精神化作一场风暴，迅速传向四面八方。有来自全国各地的爱国青年慕其威名，风尘仆仆地来到南苑军事训练团，入伍接受训练。这热烈的风暴甚至漂洋过海到了国外，有海外赤子也不远万里归来，投身军营，积极练武，准备抗敌。一时间，南苑驻地俨然成为北方的抗日基地，成为无数热血青年向往的地方。

　　佟麟阁心中的那把战刀，日渐锋利。

　　利刃杀敌的时刻，已经到来。

将军令（五）

　　如果能选择，没谁愿意牺牲在血雨腥风的战场上。

然而，因为人的存在，这个世界显得有些纷繁复杂。人性在拥有爱和善良的同时，也给恨与邪恶留下了罅隙。经历那么久的蛮荒、蒙昧，我们终于拥有了智慧、文明，却总有些人觊觎他人树上的果实，妄图用蛮力去践踏别人的家园——正义与邪恶，战争与和平，诸如此类的抉择，一而再再而三地摆在了人类面前。

　　面对侵略与掠夺，面对压迫与踩躏，除去反抗，别无他选。

　　敌人给你一刀，敌人给你一枪，敌人在你的头上踩一脚，除了站起来用刀枪、用拳脚还回去，还有别的选择吗？

　　在恶的面前软弱，就是对善的背叛，对人性的泯灭。1931年至1945年，中国人以成千上万热血儿女的鲜活生命，赢得了抗战胜利，倘若生活在前辈用血肉之躯换来的和平环境中而不自珍的话，那是可耻的。

　　这种认知，当我站在高阳县佟麟阁广场上时，愈加清晰、愈加强烈。在心潮推动下，我蓦地回忆起自己入伍那年，第一次在炮场见到五七高炮时的情形，那种终于晓得和平与安宁怎样得来，终于知道岁月静好背后意味着什么的顿悟，令我热血沸腾，眼眶湿润……是的，就是我目前这种感觉。

　　不禁仰望苍穹，默默敬问：佟将军，您在天堂还好吗？

　　天高地阔，万籁俱寂。我的心却在怦怦直跳。

　　头顶的骄阳依旧似火，广场的四周，几堆残枝碎叶以及树下亮晶晶的水洼尚能证明：昨夜，的确有一场恣肆的风雨来过。除此以外，佟麟阁广场平静得犹如圣地隐在闹市，仿佛这之外的街道、车辆与行人，皆不愿将喧嚣挤压到这里。

我不清楚，这只是我的心理感受，抑或真实世界果真如此。但无论如何，几步开外，肃然矗立的那块景观石以及上面"佟麟阁广场"五个红漆大字，已经明示了脚下的这块土地，用自己最朴实、最直率的方式，记住了这位为国捐躯的将军，记住了这位铁血柔情的高阳汉子。

闹市之中显静谧，也是对先烈的缅怀。

广场位于一个十字路口的西南角，顺着景观石朝南望去，几十米远的地方，佟麟阁将军的雕像正静静地守护在那里。他的身后，再有个二十几米，就是一栋栋赭红色的居民楼。这三点一线，连接了历史与现在，连接了故人与今人，连接了壮烈与宁静，令人情不自禁收心敛性，脚步也放得缓而轻了。

这是我第一次见到佟将军的雕像，与照片中一样，此刻他仍是眉头微蹙，目光如炬，那坚硬的眼眸里，似乎正有焦虑与担忧过后的欣慰与柔情缓缓淌出。我止住脚步，面对将军像，默立良久。汗水，顺着我的脸颊滚落，碎在脚下的水磨石地面上，很快被阳光收走了。我不知道自己在旁人眼里是个什么形象，但我知道，佟麟阁将军的形象在我的心中立体、丰满起来——我知道该如何与他对话了。

头顶的太阳，执拗地向大地倾泻着火力，似乎要将我的肉身烤熟，我终于按捺不住，心中默默嘀咕了一句，转身逃向了广场东侧的树荫。这里，放着一排条凳，正有十来位老人坐在那里闲聊。人们看到我这个陌生人愣愣地接近，似乎早就习以为常，各自目光依旧放在原来方向。

"大爷，您知道佟麟阁吗？"受好奇心驱使，我冒昧地向一位慈祥老汉开了腔。自己为什么这样问，出于一种什么目的？我没来得及反问自己。

"哦……"老汉抬起头来，充满迷惑地盯了我有三秒钟，笑了，古铜色的脸上，褶皱像漾开的水面，"哪个不知道啊，抗战的大英雄嘛！"

彼此会意一笑。

"您老高寿啊？"我又问。

"八十有二！"老人自豪地伸出两根手指。

我佩服地也伸出大拇指，耄耋之年，耳聪目明的，着实让人羡慕。"您是 1937 年出生？"我接着问。

"没错，"老人点点头，目光显得深邃起来，像是坠入回忆道，"要说，正是小鬼子闹得凶的那年……"

"佟麟阁将军，也是那年牺牲的。"我接话道。

"是啊，他是我们高阳的骄傲。"说着，老人朝远处的佟将军雕像望了望，表情庄重，"我们是托了他们的福啊！"

"我们更是。"我憨憨地笑了，笑得孩儿气，笑得舒坦。

在擦拭额头汗水的同时，脑海中字幕般浮现出臧克家先生的那首诗：

　　　　有的人活着，

　　　　他已经死了；

有的人死了，

他还活着。

…………

有的人，

俯下身子给人民当牛马。

有的人，

把名字刻入石头，想"不朽"；

有的人，

情愿做野草，等着地下的火烧。

…………

骑在人民头上的，

人民把他摔垮；

给人民做牛马的，

人民永远记住他！

…………

只要春风吹到的地方，

到处是青青的野草。

…………

他活着为了多数人更好地活的人，

群众把他抬举得很高，很高。

　　佟麟阁，这位中华民族的铮铮铁汉，从未想过要将名字刻在石头上，是人民将他的名字刻于其上，是人民将他的事迹记在心中；佟麟阁从未想过不朽，但他用身躯挡住了射向人民的子弹，用鲜血浇灌了身下碧绿的小草，人民当然不会忘记他，人民用最质朴的方式，让他实现精神永恒，实现了人的不朽。

这种不朽，才是真的不朽。

第六章　竭力挽狂澜

集 聚 战 能

1936 年的深冬，北方大地千里冰冻，万里风寒。

二十八岁的中共党员朱大鹏走进佟麟阁的办公室前，已从其长子佟荣萱那里对佟麟阁有了深入的了解。朱大鹏和佟荣萱不仅是小学同学，且志趣相投，是非常要好的朋友。从佟荣萱的口中，朱大鹏早就在心中将佟麟阁的大体形象描摹了出来——为人睿智干练，办事爽利，不喜欢说话唯唯诺诺、含混不清的人；在部队带兵，爱护部属，平易近人，作风稳健，素有"佟善人"之美誉；一旦打起仗来，却如猛虎下山，极为勇敢顽强，实乃标准的血性军人。朱大鹏自己也不简单，十七岁便考入西北陆军干部学校，很早就在西北军的圈子里学习和工作。第 29 军正是脱胎于西北军，因此他对这支军队的灵魂，对这支军队的个性非常了解。当他敲开佟麟阁的房门，昂首阔步走进去时，朱大鹏是蛮有底气的。

更何况，他身边还有同为中共党员的冯洪国的陪伴。

冯洪国，冯玉祥将军的长子，民国时期冯家后代中唯一选择子承父业的儿子。当时，凭借出色的军事才能，冯洪国已担任第 29 军军事训练团第 3 大队的大队长，直接在佟麟阁的领导下从事军事训练工作。他与朱大鹏、佟荣萱都是小学同学，两年前还在一起工作过，并在那时接上了党的组织关系。无论从党的层面，还是朋友层面，他和朱大鹏的关系都非常牢固。为此，他向佟麟阁推荐了朱大鹏，请朱大鹏来训练团一起训练抗日队伍。

两位热血青年昂首挺胸进入房间时，佟麟阁已经微笑着从办公桌后面走了出来。朱大鹏和冯洪国急忙向佟麟阁敬礼致意，佟麟阁很利落地回了军礼，请他们坐下慢慢聊。

"大鹏，你是哪里人啊？"落座后，佟麟阁笑着问。

"报告佟副军长，我是直隶景县人。"朱大鹏一副标准的军人坐姿，口齿清晰地答道。

佟麟阁点了点头，又关切地问了一些朱大鹏的家庭情况，朱大鹏一一予以回答。

"都上过什么学啊？"佟麟阁又问。

"我是从北平德育中学毕业的，之后又考入了西北陆军干部学校。"朱大鹏答道。

佟麟阁的眼眸一亮："在干部学校？"

"是，在工兵队工作。"

"我听说，你还参加过五原誓师？"佟麟阁又问。

"是。"朱大鹏利索地答道。

佟麟阁满意地点了点头："冯大队长推荐你当大队副，"他将信任的目光投向一旁的冯洪国，略做思索，而后对朱大鹏说，"你先回部队等候调令吧。"

就这样，1937 年的春节过后，朱大鹏顺利地来到南苑第 29 军军事训练团报到，担任了第 3 大队的副大队长，并很快全身心地投入到了军事训练中。

佟麟阁所领导的军事训练团，其实是一所军事教育机构，主要目的是为第 29 军培养初级干部，为抗日队伍输送新鲜血液。佟麟阁以副军长的职务兼任军事训练团团长，就是希望凝聚抗战力量，为将来在战场上与日寇决战打下扎实的基础。为此，在人员配备上，佟麟阁极为严格，坚持亲自过问或参与把关，且始终将抗战思想坚决与否，作为选拔管理人员的第一要务。

世上无难事，只怕有心人。

经佟麟阁夜以继日的努力筹备，进展神速，军事训练团很快组编完成。放眼望去，训练团可谓将强兵精，士气高昂，让他感到十分欣慰。新的希望在佟麟阁内心冉冉升腾，不仅赶跑了多日来的疲倦，积压许久的苦闷也一扫而光，整个人看上去精神抖擞，好像抗战胜利的那一刻已经在他的视野出现，且正朝着中国军民频频招手。

一个风和日丽的上午，军事训练团在南苑驻地举行了隆重的成立大会。这天的佟麟阁，军装笔挺，雄姿英发，脸上洋溢着喜悦与振奋之情。在大会上，他向全体官兵发表了庄严的讲话。

"日本侵略我国，是我们的仇敌。抗日救国是军人的天职，也是全国每个人的责任。"佟麟阁用热切的目光扫视了一下全体官兵，接着说，"我们第 29 军是一支赞成抗日的军队，当日本帝国主义侵略我们的国家，使我们国家与民族陷于危难之际，作为军人，我们守土有责，必须放弃一切畏战妥协之念，义无反顾地去抗战杀敌。"

官兵们静静聆听着佟麟阁的讲话，一张张年轻的面孔显得极为庄重。佟团长的话，说进了他们的心坎里，也正是为了抗日，他们才走到一起——当兵打仗，上阵杀敌，这是他们的终极使命。

"日本人没啥可怕的，我们第 29 军已经在长城抗战中狠狠地教训了他们一番，这是我们的光荣，如今，全国的父老兄弟姐妹对我们寄予了厚望，我们不能让他们失望。"佟麟阁的身姿越发挺拔，眼神越发坚毅，"但是，我们也不能在战术上小瞧了鬼子，他们的军事素质是需要我们警惕的，所以，我们举办了军事训练团，目的就是为了增强杀敌本领。抗击侵略，救国于危难，不是动动嘴皮子就可以实现的，我们必须要严格要求、严格训练，不怕苦、不怕累，平时多流汗，战时才能少流血……"

佟麟阁慷慨激昂而又深入浅出的讲话，极大地增强了官兵们的爱国心和自豪感，更鼓舞了每个人的杀敌勇气。在他的带领下，军事训练团乃至第29军全军，迅速掀起了练兵备战的高潮。

> 风云恶，陆将沉，狂澜挽转在军人。
>
> 扶正气，厉精神，诚真正平树本根。
>
> 锻炼体魄，涵养学问，
>
> 胸中热血，掌中利刃。
>
> 同心同德，报国雪恨，
>
> 复兴民族，振国魂！

这首由军事训练团教育长张寿龄亲自谱写的团歌，很快在训练团驻地唱响，并形成一股学唱风，短时间内传遍了第29军上下。这首铿锵有力的军歌，如一声声革命的号角，点燃了全体官兵的热血与激情，部队的抗战决心得到了极大增强。

这样一支有了灵魂的队伍，势必会在战场上杀出军人的血性！

天将降大任于是人也，必先苦其心志，劳其筋骨。

加强体能锻炼是军事训练团提高学员军事素质的一个重要环节，尤其是刚入伍的青年学生，他们来自五湖四海，为了一个共同的抗战信念聚到了一起，拥有高涨的热情，但身体素质却参差不齐，很难形成足够强大的战斗力，为确保任何形势下都能拉出一支能攻善战的英雄部队，佟麟阁在注重鼓舞大家士气的同时，从初始阶段就着重加强了学员们的体能训练。

在一次对全体学员的讲话中，佟麟阁语重心长地说："今天下多变，匹夫有责，要救国必先吃大苦、耐大劳。平时不下功夫，战时就不能打胜仗。我们如果不锻炼成钢铁般的军队，就不可能实现救国救民的愿望。"

他的谆谆教导，他的爱国之情，他的长者风范，在学员们的心中留下深刻记忆，并转化为了训练动力。

佟麟阁要求训练工作要先从提高单兵素质抓起。

队列训练，学员们都感到很枯燥，很艰难。一个正步要分四个分解动作，一步一动累得人骨头似乎都要散架了。但在团长的鼓励和教导下，这些热血青年谁也没有退缩，不仅在操课时认真对待，甚至在业余时间也自发对着墙壁原地练习换腿。严格的队列训练很是磨砺人的意志，并培养了顽强的作风和集体意识。新学员们的军人素养很快得到了提高。

当时，由于整个第29军的装备严重不足，学员们最初没能发放真枪，训练时只得用木棍代替。佟麟阁清醒地意识到，武器装备不足，尤其是重武器匮乏，这一现实，一时半会儿得不到解决，那么只有充分挖掘个人的战斗潜能，才可以在未来的作战中最大限度地保存自己，消灭敌人。为此，他要求学员们必须练习武术、劈刀和刺枪。

第29军素来有白刃战的传统，其中的刺枪和大刀，发挥着重要作用。

刺枪是从中国传统武术中的刺、挑、拨、撞等动作中提炼精髓，并与日本刺枪术相糅合，佟麟阁还将故乡边家坞村的武术队也请到了训练团，在刺枪术原有的动作中，又融进了一些"阴把枪"的套路，形成了训练团乃至整个第29军特有的刺枪术，其动作敏捷，杀伤力很大。

学员们用来训练的劈刀也很特别，近似于鬼头刀，刀法同样来自传统武术之精华。因有了之前第29军以大刀队在长城抗战时杀日寇、扬国威的光荣历史，在练习劈刀时，尽管十分辛苦，但学员们的训练热情极高，训练场上常常是龙腾虎跃、喊杀声阵阵。每当看到这一情形时，佟麟阁总会感到很振奋，整个人像被注入无穷的能量，身影也愈加忙碌。

军事训练团的班底源自第29军，而该军又脱胎于原西北军，西北军特别注重器械体操中的铁杠即单杠的训练，这是全体官兵首要的锻炼项目，这一传统自然也被训练团所继承。

单杠三套动作，屈伸上、摇动转回和杠上倒立，中下级军官必须能做，高级军官起码也要会屈伸上。士兵要想提升为班长，这三套杠上动作必须会，否则想都别想。但要想练好这些动作，必须下一番苦功夫才可。

西北军也很注重全副武装的越野障碍训练，对于夜战教育和训练，也很重视。出发点很明确，就是利用黑夜来弥补己方武器装备的不足。新兵入营后，部队会先教士兵如何利用星辰来识别方向，再训练夜间紧急行动，听到哨音后，士兵在黑暗中将衣物、装备收拾停当，赶往集合地点。反复训练后，再进行夜间行军、夜间摸营、夜间砍杀战斗及夜间筑城作业。

西北军的筑城训练更是保存自己、消灭敌人的有效手段之一。每到冰天雪地时，土地冻得像石头一样，部队往往挑这个时候进行训练和比赛。用平时训练用的大铁杠子，一端打成扁刃，一端打成鹤嘴状。四个人为一组，一个人掌握铁杠，三个人用力提起往下猛凿，经过数次敲凿，待土质松软后，再用小铁锹挖掘。一个连的地段往往需经过一夜加半天才能完成。在一次冬季筑城比赛时，官兵因做工事受轻重伤者，竟达数百人。学兵团骑兵连一个学兵，被铁杠子扁刃凿穿手腕，后来不得不将右手截去。

西北军的训练之苦，可见一斑。

为了快速提高训练效果，佟麟阁将西北军的这些传统，一一继承到了训练团的训练之中。在他的带领下，全团三个大队共十二个中队均掀起了训练热潮。以至于后来学员在训练时想上厕所，必须先向班长报名，班长答应后，学员要一溜小跑，先跑到单杠处，至少拔三个杠子，再来个转回，然后才可以跳下杠去厕所。

加强军事训练的同时，饱读诗书的佟麟阁更深知文化对学员成长的重要性。在他看来，一支没有文化的军队，是愚蠢的军队，而愚蠢的军队是无法在战场上赢得胜利的。

在他的多方努力之下，训练团聘请的文化课老师都是高级知识分子，教国文、数学、物理、化学、外国语（英语和日语），使学员们的综合素质得到了很大提高。而朱大鹏等在军事训练团任职的中共党员，也在这所大熔炉里增强了军政素养，为以后的革命工作，打下了坚实的基础。

眼瞅着一大批军事干部在自己的教导下成长起来，佟麟阁对日作战的信心越来越强。他知道，与日寇决战沙场的那一刻总会到来。他现在要做的，就是抓紧一切时间，做好充分准备。

南 苑 练 兵

军号已吹响，刀枪已擦亮。

第29军的全体官兵精神饱满，军事训练团的全体学员士气高昂，军事训练、战备工作全面进入了正轨，就等待向前冲锋的时刻到来了。听着部队嘹亮的军歌声，看着士兵、学员们高涨的斗志，佟麟阁内心的焦灼总算轻了许多。

这一天，天高气爽，南苑营区外的麦田返青多时，如今有筷子高了，在风的吹拂下，似绿涛在大地上翻滚，极为养眼。佟麟阁的心情不错，手头也没有要紧事，便信步走出军营，来到了田野中。风在原野中尽情地舞蹈，将麦苗鲜嫩的味道，土地湿润的味道，各种野草、野花的味道，一股又一股地送到佟麟阁的面前，令他情不自禁地猛吸了几口气。多么美丽的中国啊，多么生机勃勃的中国啊，多么辽阔而富饶的中国啊——一只蓝色的小蝴蝶不知从何处飞来，在佟麟阁的眼前翩翩起舞，吸引了他的目光。恍惚间，他想起了小时候的情形，想起了边家坞村村外的田野，想起了那些老树，那些车前草，那些紫色的牵牛花，更想起了父老乡亲那一张张古铜色的面孔，哦，好久没能回去看看了，等到时局稳定下来，一定带着父母妻儿回趟老家才是。

一阵暖风拂来，小蝴蝶倏地飞走了。

佟麟阁急忙收回思绪，打算瞧瞧蝴蝶到底要飞向何处，却被视线尽头的一幅场景给怔住了。

绿茵茵的麦田里，像是有两个穿军装的人蹲在那里，旁边还有一位身形佝偻的老妇人。佟麟阁急忙快走几步，凝神确定，就是两个训练团的学员在地里拔草。学员应该以训练为主，不经批准，是不能随便离开营区的，这两个年轻人怎么回事？

想到这里，佟麟阁走到田边的一棵大杨树下，擦了擦额上的细汗，而后大声询问道："你们俩，哪个部队的？"

两个年轻人竟然没反应。

"叫你们呢，哪个部队的？"佟麟阁笑了一下，提高了嗓音。

阳光下，两个军人同时抖了一下身子，你看看我，我看看你，慌慌张张站起身，朝佟麟阁这个方向望了几眼，顿时更慌了，深一脚浅一脚地从麦田里跑出来，并肩奔到佟麟阁面前，立正站好，一边敬礼一边答道："报告团长，我们是2中队的。"

两位年轻人的脸上挂满了汗珠，也挂满了慌乱，却不敢去擦一擦、去掩饰一下，让佟麟阁感到既好笑又怜爱，于是缓了口气问道："你们这是在干吗？"

"报告团长，我俩见那位老大娘独自在地里拔草，一边干活儿一边疼得直哼哼，还总是咳嗽，看着怪可怜的，就想帮她干点儿活儿。"其中一位高个儿学员解释道。

"噢？她家里还有什么人？"佟麟阁急忙问。

"没有了，儿子几年前当兵走了，再也没有音信，老伴也去世了，家里就她孤苦伶仃一个人。"矮个儿的学员接话道。

佟麟阁点了点头："你们两个叫什么名字？"

高个儿学员以为团长要惩罚他们，于是硬着头皮答道："我叫郭孟龙。"

"报告团长，我叫王冠英。"矮个儿的学员也答道。

"中队今天没安排你们任务吗？"佟麟阁的话音里全无责备之意。

"报告团长，队里安排我俩在附近捡拾砖头一筐，我们已经捡了两筐，这不在回去的路上，见到了这位老大娘……"郭孟龙回身指了指正在麦田里朝这边张望的老妇人，"我们就是想帮帮她，马上就要拔完草了。"

为了锤炼学员们吃苦耐劳的意志，训练团正在组织大家整修宿舍和教室，这些辛苦脏累的活儿，本是属于泥瓦匠的工作，但学员们知道此乃锻炼自我的过程，因此毫无怨言，干起来都很投入。尤其是郭孟龙、王冠英所在的 2 中队，任务最为繁重，由于他们将大多数的碎砖用来铺路了，重新砌土炕的砖头就少了一部分，队里考虑到不能扰民，这才安排学员们去南苑以外的废墟里找砖。

这些事情，佟麟阁是了解的。

看到麦田的边上果真放着一筐旧砖，佟麟阁欣慰地笑了笑，语气温和地说："那可是辛苦你们了，咱们军人爱护老百姓是应该的，民以食为天，这回你们也看到了，当个农民是真的不易，所以我们在开饭前要唱'一日三餐，民脂民膏，养兵千日，用在一朝'，就是要让大家明白这个道理。"

两位年轻人点头称是。

"二位利用自己休息的时间，为老百姓做了些有意义的事，值得称赞，"说到这里，佟麟阁又想起了什么，"对了，有个《锄头歌》你们会唱吗？"

郭孟龙和王冠英纳闷儿地摇了摇头。

"手把锄头锄野草呀，锄去野草好长苗呀，五千年古国要出头呀，锄头底下有自由呀……"佟麟阁竟然低声吟唱了起来。

多年以后，郭孟龙回忆起佟麟阁，对将军的仁厚为人、严谨治军的作风依旧钦佩不已，且作诗一首：

文武兼资救国殇，陕甘从政德咸扬。

横刀南苑成仁日，移孝于忠万世芳。

养兵千日，重在一个"养"字。

怎么养，要养出什么样的兵？

当然是令行禁止的兵，当然是能上阵杀敌的兵，当然是热爱这个国家的兵！

佟麟阁从士兵干起，一步步走到今天，历经了无数血雨腥风的战事，结交了无数出生入死的同志，对人的理解可以说已深得精髓，他非常清楚，从一位普通青年成长为一个拥有爱国爱民思想的斗士，平时自律，战时勇猛，这绝非一朝一夕之功，必须从养成入手，从点滴抓起。

为了实现这一目标，哪怕是为伊消得人憔悴，佟麟阁也心甘情愿。

时光匆匆，转眼到了1937年的年初，华夏大地上的抗日救亡运动不断掀起高潮，中国人的呐喊令日寇感到了心慌，为了不至于坐以待毙，侵略者再次露出了冷森森的獠牙——开始频繁与驻守平津地区的第29军之间制造摩擦，以图升级态势，趁机扩大侵略范围。肩负华北防守重任的宋哲元一方面想尽办法拖延战争时间，一方面也开始抓紧备战，并命令南苑驻军对北平在校的大专院校学生集中轮流施行军训。

只有全民备战，只有每个人都能开枪杀敌，才有希望赶走豺狼。

　　压在佟麟阁肩上的担子更重了。那种时不我待的焦灼感，时刻在炙烤他的内心，火烧火燎的感觉令他寝食不安，好在多年的军旅生涯，早让他锤炼出了从容不迫的儒将风度，抓训练、抓管理、抓教育，分毫不乱。在他看来，做好抗战准备，既要有紧迫感，又要深谙"心急吃不了热豆腐"的道理。

　　在佟麟阁的领导下，军事训练团的各项工作取得了长足进步。

　　几乎是每天，南苑训练团都会进行武术和器械训练。而每两周，各队要以班为单位进行这两项训练成果的比赛——这是竞争，学员们正处于血气方刚的年龄段，当然不甘落于人后，对每次比赛的成绩都很在意。

　　若想人前夺第一，必须人后多努力。

　　每到夜深人静之时，总有不服输的学员趁大伙酣然入睡，自己却悄悄溜出宿舍，到单杠下加紧练习杠上动作。学员郭孟龙当时在1大队2中队的6班，班长崔汉祥曾经担任过察哈尔省民众抗日同盟军的排长，同盟军解体后来到训练团，成为一名班长，军事素质过硬，无论武术还是器械，样样都能起到表率作用。为了提高全班的训练成绩，也为了让青年学员们早一天掌握战斗技能，崔汉祥经常在晚上将大家偷偷叫醒，而后悄悄地到杠子下集合，在夜色中加紧练习，常常一练就是个把小时。他很会带兵，平日里待学员亲同手足，大家本就敬佩他，再说加紧训练也是为了大家好，因此并无反对的声音。

又一个半夜，弯弯的弦月高高地挂在夜空中，淡淡的月光如水一般泼洒在营区里，树木影影绰绰已经坠入梦乡，除去夜鸟偶尔发出的几声啁啾，整个训练团大院显得极为静谧。佟麟阁忙碌了一天，此刻在办公室练了会儿大字，觉得有些乏了，于是站起身，扎上武装带，检查一下配枪，揣着心事走出了房门，准备去查哨。

他喜欢这样的夜晚。

在这样的夜色里，佟麟阁的脑海既有翻涌的波涛，也有风平浪静后的恬淡，这样的他，脚步显得很轻盈，似乎担心将地上的月光踩出涟漪。营区内静悄悄的，环顾四周，佟麟阁有一种发自内心的归属感，这感觉令他越发深爱脚下的这片土地。为了这片大地实现永久的安宁，哪怕付出再多辛苦，甚至有一天不得不献出生命，他都心甘情愿——即便肉体消失了，也能投入这片土地的怀抱，与其融为一体，作为军人，也算是完美的归宿了。有风吹过，不是很大，拂在脸上很舒服。路两旁的杨树叶子发出沙沙的响声，像在彼此私语。佟麟阁正了正军帽，缓缓抬起手臂，打算在这美妙的夜色中舒展一下四肢，昂头挺胸的瞬间，却定住了目光。

器械训练场上，正有几条身影在晃动。

莫非，这么晚了还有人在训练？

快步走近一看，果真如此，七八个学员正在班长的带领下练习杠上动作。佟麟阁的内心瞬间被什么烘烤了一下，暖暖的。他放缓脚步，走到学员们面前，低声柔和地问："你们是哪个班的？"

崔汉祥猛一回头，见是团长佟麟阁，急忙立正回答道："报告团长，我们是 2 中队 6 班的。"

"已经训练了一天，你们不累吗？"佟麟阁又问众人。

"不累！"学员们异口同声答道。

佟麟阁微微一笑，借着月色将几位年轻人上下打量了一番，见小伙子们个个精神抖擞，心中甚是欣慰，于是和颜悦色地说："过去，冯玉祥先生常说，每天早晨因为休息了一夜，人总是能精力充沛地投入工作，皆因有朝气。到了中午前后，人的精神不如清晨，光想休息，产生惰气。到了晚上，日落西山万籁俱寂，暮气降临，人的精神也随之衰退。"见学员们都在认真聆听，佟麟阁接着说，"要把惰气、暮气变为朝气，方为有识之士。我们的确要珍惜每一天的时间，养成坚强的意志，将来在任何条件下都能战胜苦难，克敌制胜。但是，一天紧张的训练，你们已经将惰气、暮气变成了朝气，接下来就要遵循日出而作日落而息的规律，做到劳逸结合才是。"

几个年轻人嘿嘿笑了。

佟麟阁又叮嘱班长崔汉祥："训练这事，欲速则不达，你想过没有，若是经常熬夜训练，休息不好，把大家的身体搞坏了，岂不适得其反吗？"

崔汉祥急忙称是。

佟麟阁转身又对学员们说："你们班长是好意，是恨铁不成钢，其志可嘉，但这种熬夜加紧训练的做法是违反纪律的。"说着，佟麟阁故意正色道，"明天把《悔改歌》多唱几遍，诸君就会悟出道理来了。"而后，就让大家赶紧回去休息了。

可当佟麟阁自己躺倒床上时，已经是后半夜了。

无惧豺狼

大刀可以向鬼子们的头上砍去，手榴弹可以"又干又脆，一炸粉碎"，但如果有先进的武器装备，有飞机和大炮，谁又愿意用大刀与日寇肉搏呢？随着抗日救亡运动一浪高过一浪，第29军军长宋哲元意识到，仅靠大刀片和手榴弹抵抗日军侵略已不能应对形势需要，部队更需要的是有知识的青年，学习使用现代武器，如此才能充实抗战力量。

军事训练团应运而生。

最初，训练团招收的一批中学以上学历的爱国青年，需要经部队连以上军官的介绍才能加入。之后，由毛泽东派来进驻第29军的联络代表张经武提了个建议，将军事训练团由介绍入学改为社会招生，如此一来，犹如大河开了口，大批的爱国青年迅速汇集而至。

北平、天津、保定等城市的街头，几乎同时出现第29军军事训练团的招生布告。

"长城抗战后，华北已成为多事之秋，日本欲变华北为第二个'满洲国'，华北已成危局之势……为培养初级军官，特招收有志从军的年轻人，要求十八岁以上，初中毕业学历，一经考试录取，学制至少两年……"

传统的募兵制一夜之间被打破。

广大的爱国青年一下子找到了报国之门。

一张张招生布告，像中国人发出的不甘被奴役的声声怒吼，在当地百姓中间产生了不小的轰动，也迅速引起了日本华北驻军的注意。第29军本来就有着抗日传统，一直是阻碍日寇肆意侵略的重要力量，日军早就想置其于死地而后快，如今眼见第29军大有蓬勃之势，气急败坏，竟然向宋哲元提出口头和书面的责难，令他停止扩充队伍。宋哲元虽然极为气愤，但考虑到当时所处的环境十分特殊，若是过早地与日寇发生正面冲突，于己方不利。为避其锋芒化解刁难，宋哲元不得已将"军事训练团"的"事"字改为了士兵的"士"，以缓兵之计，暂时平息了这场风波。

这件事，使训练团的全体学员极为愤慨，更加仇视日本帝国主义的卑劣行径。

作为训练团的主要负责人，这场风波让佟麟阁更加清醒地意识到，以日军的狼子野心，绝不会就此善罢甘休。

果不其然，日军的恐吓动作愈加频繁。在训练团招生的这个冬天，日本华北驻屯军以北平、丰台为假想目标，肆无忌惮地举行了大型军事演习，以此进一步向中国政府施压。

在佟麟阁等高级将领的支持下，宋哲元立即决定针锋相对，组织了第29军的大演习。彼时，日军参加演习的部队为一万余人，而第29军的演习部队则达到五万多人，而且兵强马壮，无论从规模上还是气势上，彻底碾轧了日寇的嚣张气焰。

春暖花开，华北大地终于摆脱漫漫寒冬的禁锢，变得生机盎然，一年的希望也正在缓缓酝酿着。然而，在这个万物复苏的季节，日寇也像惊蛰过后的毒虫，开始调运大批关东军入关，一队队鬼子兵趾高气扬地出现在人们面前，令人憎恶。极短时间内，平津地区的日军迅速增加到三四万人。

种种迹象表明，一场恶战即将来临

佟麟阁时刻关注着日军的动向，强烈的焦灼感令他愈加忙碌，在加强训练团各项军事训练的同时，他不放过任何一个机会，反复向学员们讲解中国所面临的紧迫局面，以增强他们训练的目的性。

1937年4月25日起，日军华北驻屯军开始在平津近郊频频进行战斗演习，次数比以往更多，规模也更大，甚至不分昼夜连续进行。侵略者的子弹、炮弹在中国的大地上横飞，日军在中国百姓的身边横行，但凡有点儿血性的国人，无不义愤填膺。

针对日寇的嚣张行径，这一天，佟麟阁等将领向宋哲元建议，第29军应该举行五月大阅兵，以鼓舞士气，激扬斗志，让日本侵略者看看，中国人不是那么好欺负的，中国军人的子弹不是吃素的，中国军队已经做好了战争准备。

大阅兵之所以要选在五月，是延续了西北军的老传统。

西北军在冯玉祥的带领下，逢五月要举行阅兵，溯其源，皆因中国政府与日本帝国主义签订的几个丧权辱国的条约、协定，大多发生在五月。1915 年 5 月 9 日袁世凯的"二十一条"、1933 年 5 月 31 日签订的《塘沽协定》……在这样的月份里举行阅兵，可以让官兵们牢记耻辱历史，坚定抗战决心。

年前发生的绥远抗战和西安事变，令全国抗战形势发生根本性转变，这大大增强了宋哲元抵抗日寇侵略的信心，因此，当佟麟阁等人提出阅兵的建议后，他欣然同意，并把阅兵时间定在了 1937 年 5 月 7 日。

第 29 军上上下下为阅兵做起了准备。

沉默啊沉默，不在沉默中爆发，就在沉默中灭亡。中国人被欺辱得太久了，中国军人被欺压得太久了，这些爱国军人们要选择呐喊、爆发、抗争，哪怕为此而失去生命，化为泥土，也在所不惜！

阅兵的这一天到了，宋哲元、佟麟阁、赵登禹等将领站在高高的检阅台上，开始检阅这支装备一般但训练有素的军队。尤其是军事训练团的学员们，更是一个个精神饱满，斗志昂扬。经过一段时间的严格训练，他们正朝着勇猛战士的标准快步前进，甚至自编了一首激励斗志的团歌：

嗨！白变黑，胖变瘦，手能提，肩能扛，腰不酸，腿不软，粗茶淡饭吃得香，准备和鬼子算总账……

阳光暖暖地泼洒在佟麟阁的身上，望着台下的全体官兵，他感到体内的血液开始发烫。多久了，他一直期待着眼前的这一幕，一直期待着能带领这支军队上阵杀敌，如今，这支军队已经锻铁成钢，可以择日而战了。

按照事前的阅兵计划，佟麟阁上前一步，面对台下戎装严整的士兵们，大声喊道："你们的大刀快不快？"

"快！"士兵们齐声高呼。

佟麟阁欣慰地点了点头，而后郑重地走到检阅台边上，注视着台下的一位大个子士兵，高声再问："你的大刀快不快？"

被问的士兵没出声，而是右手后伸，唰地抽出了背后的大刀，但没有跑步送到阅兵台上，而是挺立台下，扬手一抛，只见空中一道寒光闪过，那把大刀直奔台上的佟麟阁飞去。无数双眼睛都在盯着佟副军长，甚至有的人心都提到了嗓子眼。佟麟阁却稳如泰山，似乎在捞空气一般朝身前轻轻一捞，大刀的刀把就被他稳稳地握住。

台下顿时一片钦佩的目光。

佟麟阁气势凛然地将大刀架在另一只手上，侧过来检查了一番大刀的刃口："的确不错！"说罢，又将大刀唰地抛回台下。那高个儿士兵也一伸手，同样将大刀稳稳握住。

无论是有意为之还是惯例使然，这一官一兵的默契配合，引得台下一片叫好声。众将士的情绪都被调动了起来，群情激昂的气势令站在观礼位置的日本驻华大使以及日本军事顾问等人心中一颤——为了对日军虚与委蛇，减轻他们的狐疑，宋哲元特意邀请日方代表出席了这次阅兵。

　　第 29 军的官兵们才不管日本人怎么想呢。

　　阅兵中，军长宋哲元当然是主角，部队的分列式结束后，由他最后向士兵们宣讲爱国主义，说到激动处，宋哲元挺直身躯，大声向全体官兵们高喊："我们当前的敌人是谁？"彼时，蒋介石政府正在疯狂地剿共，作为国军序列的一支队伍，宋哲元想当然地认为士兵们会回答"共产党"。

　　出乎意料。全体官兵整齐划一，振臂的振臂，擎枪的擎枪，异口同声高呼："我们的敌人是日本人——"

　　宋哲元微微一愣，余光扫了扫身旁坐着的日方代表，这几个所谓的"中国通"，此刻在阳光的照射下，一张张铁青的脸显得更黑了。宋哲元心知肚明，日寇名义上观礼阅兵，实际就是来搞监视，自己的一言一行，这些家伙都会看在眼里记在心头。这种局面让宋哲元很不痛快，却不得不压抑内心的愤懑。眼见台下的官兵群情振奋，作为军长，宋哲元十分清楚，兵贵在士气，他不能给这些汉子们泼冷水。于是，他挺了挺胸膛，几乎是一字一顿地喊道："我们要一头撞进南墙，不回头！"

　　再看，几个日本人果真一脸蒙。

然而，台上的佟麟阁等爱国将领、台下的爱国士兵们却听懂了，随即声音高地回应道："不回头！不回头！"这吼声，像一发发无形的炮弹，像一枚枚愤怒的炮弹，打出了中国军人的决心与士气。这一瞬间，包括军事训练团的学员们在内，所有人都感受到了同仇敌忾的力量。

这时的佟麟阁，内心也激荡着："不回头，不回头，不将日寇赶出中国去，永远不回头！"面对士气高涨的队伍，他深信，这些热血男儿们一旦出现在战场上，绝不会给脚下这片土地丢脸。

也正是这次南苑阅兵，日本人回去后，给第29军下了如此的评语："抗日意识深入官兵，实为性质不良之军队。"在豺狼虎豹眼里，在穷凶极恶的侵略者眼中，妥协与屈服，放弃抵抗任人摆布，才是所谓的"良"。

日寇小看了中国人的志气，小看了中国军人的骨气。

即便中国再羸弱，所有中国人也是爱她的，这种爱，深沉、内敛、有力，一旦汇聚，一旦同时爆发，世间没有什么能够阻挡。

将军令（六）

北京有佟麟阁中学，高阳县有佟麟阁小学；香山脚下有佟麟阁纪念馆，佟麟阁小学的二楼，也有一间佟麟阁纪念馆。一处为将军的出生之地，一处为将军的殉国之地，原点终点紧密衔接，镌刻出这位血性汉子的壮烈一生。

佟麟阁小学，就坐落在边家坞村，四周被村民的住宅环绕，本以为是个不大的学校，可走进这所小学时，竟然被其开阔的校园折服了——村子本不大，然而，就在这么个小小的边家坞村，人们却能让出如此一方天地来建设佟麟阁小学，可想而知，将军在人们心中的位置有多么重要。不崇拜英雄的民族，是没有前途的民族。中国人向来崇敬爱国爱民的英雄，这一影响国家和民族未来的传统，理应从娃娃抓起。

正值暑期，孩子们都放假了。站在佟麟阁小学的校门外，朝内望去，整座校园静悄悄的。在这个炎热的中午，此等静谧，给人一种难得的安宁感，额头上的汗，似乎也减少许多。但终归是要进校园的，那紧闭的自动门，能否为我这个慕名而来的人开启呢？

边镇江老师隔着铁将军朝院内的门卫室喊了几嗓子，没人应。他又捏着汗津津的手机打了个电话，不一会儿，一位值班的女教师穿过空旷的操场缓缓走来，阳光直直地打在地面上，从远处看去，她仿佛踏水而至，若是换成裙子，很有衣袂飘飘的感觉。

隔门又一番说明来意，那女老师笑着打开了侧门。我们三人鱼贯而入。

在强烈的光照下，首先映入眼帘的，当然是红色。迎风飘扬的红色国旗，迎宾矮墙上的"求真理，悟道理，明事理"几个红色大字，二层教学楼上的"微笑，自信，快乐，幸福"

以及那红色的校徽——五颗五角星之下，一只大手捧着一个快乐的小娃娃……肯定是有绿色的，如果说红色代表热烈的话，那绿色就代表了希望。校园东西两侧的院墙内，一棵棵法桐树正在茁壮成长，但吸引人目光的却不是它们，而是坐落在西侧两棵法桐树之间的佟麟阁雕像。

心，一下子又被揪住了。

顶着烈日，快步走过去，在佟将军的注视下止住脚步，与他目光交融，让灵魂与灵魂在这灿烂的阳光下再次触碰。

将军，您注视着这里，注视着您的故乡，注视着在和平、繁荣的环境中与小树一起长大的孩子们——这是您的孩子啊，我们都是您的孩子。正是因为有了您，有了与您一样的先烈们抛头颅洒热血，才有了我们如今的幸福！

在将军的注视下，我伫立良久，直到额头上的汗珠再次扑簌簌滚落，才缓过神儿，跟着边、韩以及那位女教师，一起向教学楼走去。

"楼上有一间佟麟阁将军纪念馆，不知你们三位要不要参观？"女教师问。她的脸呈古铜色，一看可知，平日里还要下地干农活儿的。

"好啊。"我急忙应道。

疾步上二楼，正对楼道口有个小单间，门楣上方红底金字的"佟麟阁将军纪念馆"格外醒目。屋子不大，里面也无实物展品，但图片资料却很全。因那位女教师临时有事，不知去了哪里，我和边、韩两位老师找不到灯开关，屋里显得很暗，好在有阳光从门口反射进来，一切倒也能看清。

令我惊喜的是，在手机相机里，大概是有夜景功能的缘故，每张图片看得都很清晰。房间唯一的窗子是封闭的，空调也没开，汗水很快将我们三人的前胸后背浸透了。但谁也没有逃出门去，皆在一张张图片、一份份资料地仔细观看着。

这里，囊括了佟麟阁将军壮烈的一生。

每一张图片，都是一幕波澜壮阔的历史，都是一段惊心动魄的往事，我只有放缓脚步，凝聚目光，去瞻仰、去拜读……

眼睛逐渐适应了屋内的光线，突然，一道闪电在空中点亮，心中一惊，接着又一喜，原来是女教师将灯打开了，还要开空调。

"不必了，不必了。"我急忙说。孩子们都放暑假了，此刻为了我们三人打开空调，显然有点儿浪费。脑海中恍惚出现了 1937 年的那个夏天，在那枪炮隆隆的战场上，只有闷热潮湿的高粱地，只有无尽的酷热与厮杀，抗日英烈们照样坚持到流尽最后一滴血，而此刻的我们，仅仅是流点儿汗而已。这样热着，或许给自己留下的记忆更深刻吧。

不知过了多久，我们重新回到一楼走廊。

这才发现，进楼道口的外墙上，挂着的两张宣传展板，起初竟然没有注意到。其一是习近平总书记向佟麟阁将军的次子佟荣芳颁发"中国人民抗日战争胜利 70 周年"纪念章的照片，而另一张，则是一首不知何人所作的词：

沁园春·佟麟阁

晓月卢沟，怎忘当年，战火曳空！惹英雄奋起，旗风所向，悲歌吼处，气贯长虹。永定河边，南苑巷内，多少男儿浴血中。一腔恨，俱凝刀枪上，怒向顽凶！

天公竟妒豪英，弹飞处，焦石溅血浓。憾壮怀难已，山河未复；民崩倚恃，国损干城！浩气长风。唤起大众，卫我中华一脉同。西山上，有松涛夜吼，霜叶殷红。

好一个"松涛夜吼"，好一个"霜叶殷红"！

感谢这位不知其名的作者。他将我内心中佟麟阁将军的形象变得更加立体了。

为了不打扰女教师的值班工作，完成资料收集后，我们三人打算告辞，她却热情地邀请我们去值班室喝口水。进去后，闲聊的过程中，我无意中扫了一眼墙上的值班表，心中竟然一惊——值班人员中，有一位与我同名同姓的教师！

这本与我此行无关。

可是，冥冥中，我又觉得不仅有关，而且关系密切。

同样感谢你，这位与我同名同姓的教师，谢谢你以你我之名，守护着这片校园，守护着这个村庄，守护着佟麟阁将军的魂归之所。

第七章 铁血铸英魂

七 七 危 机

倘若不是与自己的国家一样野心膨胀，倘若不是加入了侵略者的队伍，二十岁的志村菊次郎也仅是个普通的日本小青年。然而，时光流逝到1937年，就在侵华日军不断伸出触角，在平津地区四处挑衅中国军队以期实现侵占华北甚至整个中国之际，这个尚不晓得战争残酷的日本小青年，这个以为侵略他国是件好玩之事的日本小青年，选择了入伍当兵，并且很快来到了中国。

1937年7月7日，本是个普通的日子。如果没有日军在北平周围持续进行军事演习，如果不是在吃饭、睡觉时也能听到枪炮声，生活在北平地区的人们，并没有觉察出今天与往常的日子有什么区别。

但是，一个诡异又确定会发生的事，正在志村菊次郎身上发生着，当然，即便这件事不是发生在他身上，也会发生在其他某个日本兵的身上。志村菊次郎，这个入伍才四个多月的小新兵，已经随队在卢沟桥附近搞了一天的演习。天色渐晚，他所在的驻丰台日军第 1 联队第 3 大队第 8 中队，依旧没有收兵回营的迹象，好像他们驻扎的是自己国家，练起兵来没个够。在演习地吃过晚饭没多久，日军又开始了夜间操演。东奔西窜了一整天，志村菊次郎有些乏累，但部队的军事行动，他一个小新兵怎敢偷懒，只得强打精神，跟着其他士兵继续执行演习任务。

这是一个晴朗的夜晚，天空没有月亮，但有满天星斗，大而亮的星星仿佛就悬在人的头顶，在亿万星光的辉映下，人穿行在庄稼地里，甚至能看清高粱叶子上的水珠。志村菊次郎趴在一处个人掩体里有一会儿了，还没有听到集合的号令，突然腹中一阵剧痛发作，坏了，该死的肠胃炎又犯了。入伍前，他还在日记中祈祷，到了部队不要再犯肠炎，以免让人笑话，看来，这祈祷没起到作用！

为了不至于出丑，志村菊次郎决定找个隐蔽处方便一下，于是，没跟任何人打招呼，他拎着三八式步枪悄悄离开了自己的战位，朝一片高粱地狂奔而去……

在这个繁星满天的夜晚，坐镇在南苑第 29 军军部的佟麟阁，没有丝毫困意。他的内心，时刻有一团火在燃烧，猛烈而焦灼，令他哪怕再累，也无法安然入睡。这是一团愤怒之火，一团忧虑之火，更是一团战斗之火。

西安事变之前，南京政府的对日政策一直是妥协、妥协再妥协，以为这样就可以与日寇维持现状，让侵略者找不到进一步扩张的借口——跟狼子野心的日本帝国主义妥协，能有什么好果子吃？！日军的铁蹄已经踏遍东三省，又开始在华北、平津地区猖狂躁动，除了拿起刀枪与他们战斗，其他什么办法都是枉费心思！万幸的是，在共产党的抗日统一战线政策下，西安事变得以和平解决，蒋介石终于同意抗日，全民族抗战的希望似乎就要降临这个饱经战火的国度。

然而，在佟麟阁看来，局势依旧朝着不利于第29军的方向发展。

日军已经形成了对北平三面包围的态势，东有日军扶植的冀东伪政权和所属伪军部队，北有日寇炮制的以德王为首的伪蒙疆自治政府，东南方向日军又强占了战略要点丰台。仅有西南面尚为第29军防守，而位于北平西南十余公里处的卢沟桥，就成了北平通往南端的唯一门户——卢沟桥之得失，北平之存亡系之；北平之得失，华北平原之存亡系之，而西北、陇海线乃至长江流域，亦无不受其威胁也……想到这里，佟麟阁的内心愈加焦虑，他索性站起身，来到军事地图前，开始在脑海中预演一旦与日寇打响第一枪，该如何调度部队。

佟麟阁的忧虑与担心完全是当前的敌我态势所致。

冀察政务委员会成立后，宋哲元实为平津地区最高军政长官，率第29军负责维持冀察政局。虽然宋哲元满腔爱国热情，恨不得一夜之间将日本人赶出中国去，然而，他自身面临的形势也不容乐观，外有日寇虎视眈眈，内有汉奸心怀鬼胎，都在变着法儿威逼利诱他，让他施行所谓的"华北自治"，妄图通过他的手，将平津和华北地区收入日寇囊中。宋哲元当然不能上这个当，可他又担心南京政府抗战的决心不够坚决，因此陷入了进退两难的局面。无奈之下，在五月南苑阅兵后，他索性以养病为名，将军事指挥的重任交与佟麟阁，自己回山东老家去了。

佟麟阁理解宋哲元的难处，却不赞同他以退为进的御敌策略。

面对豺狼虎豹，你退它就进，只有拿起刀枪勇敢地冲上去，才能解决一切问题。

但出于对宋哲元的尊重，出于军人保家卫国的使命感，佟麟阁还是义无反顾地挑起了重担。只要一有机会，他就语重心长地教育全体官兵，要时刻保持警惕，要时刻做好跟日寇一决雌雄的准备。就在不久前，看到日军频繁调动部队，佟麟阁预感到大战在即，于是组织了一次第29军全体将校会议，并慷慨陈词。

那天的会，气氛很激烈。军官们分成两派，一派主张积极备战，一派却想与日寇谈判，争取和平解决各类争端，维持现状。

坐在首席的佟麟阁一直静静地听大家讨论、争辩。他看似面如止水，实际内心早已波涛汹涌——此时此刻，仍有怀揣侥幸思想的人，怎不让人心急如焚啊！

突然，不知谁的发言惹火了第37师219团团长吉星文，他愤而起身，大声说："鬼子不好惹，咱第29军也不是吃素的！"

"没错！狭路相逢勇者胜，该干的时候，绝不能手软腿软！"与佟麟阁一起负责坐镇南苑的赵登禹也大声说道，同时将赞赏的目光投向了吉星文。

"可是……"仍有人提出自己的担心。

面对这种情况，佟麟阁觉得有必要统一思想了。他用庄严的目光扫视了一下众人，说："侵占中国，是日寇的根本目的。中国人只有一条出路，就是抗战！日寇阴谋侵占平津、吞并华北，吾辈首当其冲。战死者光荣，偷生者耻辱！"佟麟阁重重地拍了一下桌子，随即又缓声道，"诸位同仁，要知道荣辱系于一人者轻，而系于国家民族者重。国家多难，军人当马革裹尸，以死报国，这没什么可犹豫的！"

字字千钧，掷地有声。

会议室内陷入短暂的安静，众将领似乎能听到自己的心跳声。片刻的寂静过去，冯治安、赵登禹、张自忠、刘汝明诸师长纷纷表态，一定要精诚团结，共同御敌。意志统一之后，针对当前卢沟桥附近的日寇部署，佟麟阁以军部名义向第29军将士发出了命令："凡是日军进犯，坚决抵抗，誓与卢沟桥共存亡，不得后退一步。"

…………

此刻，站在自己办公室的窗前，望着窗外夜空中的闪亮繁星，佟麟阁脑海中不时地闪现出一幅又一幅画面，有很久之前的，也有近期发生的种种事情，渐渐地，他的思路愈加清晰，内心也愈加坚定——兵来将挡水来土掩，军人为国为民守土有责，哪怕前面是刀山火海，该上的时候，也绝不能有丝毫犹豫。他突然想起了北平城内的家人，想起了几个年幼的孩子，还有病重的父亲。老父已卧病多日，作为儿子，自己未能床前尽孝，多亏妻子彭静智操持家务啊……想着想着，他的眼角湿润了，但很快，这潮湿又被他硬生生憋了回去。

　　大敌当前，岂可只想小家不顾大家！

　　今夜真安静啊，安静的背后，是不是隐藏着惊天大事呢？

　　佟麟阁转身回到桌前，拿起配枪，检查了一下弹匣，而后急匆匆走出办公室，一头闯入夜色之中。

　　四周的高粱叶在夜风的作用下，发出瘆人的沙沙响，仿佛有无数小鬼在朝志村菊次郎围拢过来，吓得他赶紧提着裤子站起身。肚子里仍有丝丝隐痛，但他不敢再蹲下去了，小鬼他害怕，更怕被哪个中国士兵搞了偷袭，丢了小命，成为异国他乡的孤魂野鬼。于是，他急忙沿着来时的路朝外走，打算归队。然而，夜色茫茫，庄稼地里视野极为有限，加之刚才一阵心慌，志村菊次郎竟然找不到来时的路了。到处都是高他大半个身子的高粱，到处都是沙沙的响声，到处都是不知名的虫子在爬、在叫，仿佛在嘲笑他……

志村菊次郎像一只无头苍蝇在高粱地里到处乱窜时，他所在的日军中队也乱了套。

　　快夜里 11 点了，日军仍在进行演习。突然，从日军营内操场方向传来了实弹射击的枪声，为避免出现误伤，中队长清水节郎立即命令原本分散的士兵集合进行点名，很快发现志村菊次郎不见了。这本是日军部队管理的小事件，可谁曾料到，一个小新兵私自跑去拉肚子，却引燃了日军全面侵华的导火索。

　　凡事有果必有因。

　　早在一年前，日本陆军最高指挥官杉山元就曾狂妄地宣称："大日本皇军武运长久，三个月就可以完全占领中国，中国甚至脆弱到只需一击便可吞并。"狼子野心，昭然若揭。而就在志村菊次郎私自离队的三天前，时任关东军参谋长的东条英机已经向日本政府提议，立即给中国以打击。这一无耻的提议，竟然得到了大部分日本军界人物的呼应。日军在北平附近，尤其是卢沟桥地区开始不断挑衅，伺机寻找能够挑起全面侵华战争的借口。

　　其实，狼要吃羊，何须借口！

　　中国军人清楚永定河上的卢沟桥是连接北平和中原地区的咽喉要道，一旦卢沟桥失守，北平即为一座死城，而卢沟桥桥头的宛平城，就是保卫北平城的重要堡垒。对此，精于阴谋诡计的日军，又何尝不心知肚明？

　　志村菊次郎"失踪"的消息，立即上报到了日本华北驻屯军第1联队联队长牟田口廉那里，这个对侵占宛平蓄谋已久的家伙，兴奋得差点儿蹦起来。很快，大批日军迅速出动，集结到宛平城外。

事实上，在这个过程中，凭借听到的已方营区内的枪声，志村菊次郎已经归队，但这一情况却被日军各级有意隐瞒了下来。日寇仍将宛平城围住，并蛮横地命令中国守军打开城门，要进宛平城寻找失踪士兵。

"太晚了，你们进城搜查会引起误会，妨碍城内治安。"城门守军断然予以拒绝。

"你们……胡乱地开枪……我们要进去搜查！"带队的日军军官趾高气扬地叫道。

"我方部队正在睡眠，枪声响自城外，非我军所发！"中国守军据理力争。

"我们的……士兵失踪，必须进城搜寻……"

"你们的兵在你们的演习场丢失，关我们什么事？"守城士兵被气得差点儿笑了，旋即义正词严地说："我们执行上级命令，不能打开城门！"

与此同时，守城的吉星文团长得知了此事，果断下达命令：拒绝日军的无理要求！

在中国骄横跋扈惯了的日军立即借题发挥，一边继续与守城官兵胡搅蛮缠，一边调动部队形成了对宛平的进攻态势。

1937年7月7日的这个夜晚，注定会成为亿万国人刻骨铭心的一个夜晚。

在这个夜晚，日军悍然发动了对宛平城的攻击，第一发炮弹便直接击中了宛平专员公署所在地。事后，善良的国人才猛然想起，当初公署成立时，日军的一个大队长假惺惺前来祝贺，没有像往常那样盛气凌人地骑马前来，而是徒步从日军驻地走到了这里，想来这个日本军官，是在用脚步测量宛平城要害目标的准确距离。

真乃蓄谋已久！

当侵略的炮弹划过晴朗的夜空时，归队的小兵志村菊次郎仍没意识到，自己已经被钉在了历史的耻辱柱上。不久之后，为了掩人耳目，日军不仅没有惩罚他，还让他退出现役，连夜将他送回了国内。

然而，历史不会放过任何一个对人类有罪的人。

恶果最终降临到了志村菊次郎身上。

几年之后，当日军成为强弩之末时，他再次应征入伍，并被派往缅甸。在那里，他被中国远征军打死。据说，志村菊次郎被远征军打伤后，陷进一片沼泽，哭爹喊娘，哀号极惨，但很快就被泥水吞没，尸骨无存。

誓死还击

听到卢沟桥方向传来了炮声，佟麟阁立即给驻守的第37师师长冯治安、第110旅旅长何基沣打去电话，得知了前线情况。

172

"不惜一切代价，务必夺回阵地，寸土不能让！"佟麟阁命令道。

"请佟长官放心，坚决夺回阵地！"冯治安在电话里答道。

何基沣的回答也极为坚定。

两位部属的态度，就是卢沟桥守军的态度，这令佟麟阁稍感安慰，遂再三叮嘱道："卢沟桥即尔等之坟墓，应与桥、城共存亡，不得后退！"卢沟桥、宛平城及永定河上的铁路桥，对于三面受困的北平城而言，简直太重要了，佟麟阁当然放心不下。

这一夜，直到苍穹渐亮，佟麟阁始终在紧张地调度、部署，卢沟桥的枪声响起来，意味着日寇彻底撕下了伪装，今后的战斗只会越来越激烈、越来越血腥，作为一个在沙场上厮杀了多年的军人，佟麟阁对此有着清醒的认识。他迅速命令南苑驻军各部进入战斗位置，构筑防御工事，准备迎战。

这一夜，卢沟桥附近炮声隆隆，枪弹如雨，吉星文率部连续三次击退了日寇的进攻。见宛平城暂时无法攻下，气急败坏的日军转而朝卢沟桥及其西侧的铁路桥扑去。这是一场实力相差悬殊的战斗，守桥的两个排战士面对几百名来势汹汹的日军，没有丝毫退缩，朝敌人射出了愤怒的子弹。当日军依仗火力和人员优势冲上阵地后，这几十名中国勇士也杀红了眼，抽出大刀与敌人展开了肉搏战。

一时间，卢沟桥上血肉横飞，喊杀声连连。十几分钟的拼杀过后，因敌众我寡，守桥的两个排战士全部壮烈牺牲，而驻守在桥北的一个连官兵，仅四人生还，余者也全部壮烈殉国。但他们没有白白牺牲，他们用手中的钢枪和大刀，换来了一百多名日军的尸体。

好在，宛平城守军集中火力回击日寇，暂时守住了阵地。

在获知卢沟桥阵地被日军占领和守桥官兵几乎全部阵亡的消息后，佟麟阁十分震惊与痛惜，他要求冯治安与何基沣组织部队务必夺回阵地，为死去的官兵报仇。

佟麟阁的抗战决心，早已像步枪的膛线，深深刻在了第29军官兵的内心，他的命令，得到了迅速而坚决地执行。

7月8日晚，按照上级的部署，吉星文团长决心与日军拼死一战，夺回失守的卢沟桥阵地。考虑到敌人占据重火力的优势，只有贴近战斗，我方才有胜算。半夜时分，趁着漆黑夜色，吉星文带领一百五十名精干力量组成的敢死队，准备出城突袭日寇。恰逢天降大雨，宛平城外一望无际的庄稼地发出沙沙的声响，掩盖了勇士们的脚步声，更给人一种特殊的肃穆感。敢死队成员编成五个组，每人携带一支步枪、两枚手榴弹、一把锋利的大刀，顺着绳梯悄悄地爬出了宛平城，甚至有的士兵因杀敌心切，直接从城墙上一跃而下。

在青纱帐的掩护下，一百五十名中国汉子，像一百五十头雄狮，两眼喷着怒火，沿永定河两岸向卢沟桥与铁路桥疾速前进。

雨哗哗下着。

盘踞在卢沟桥阵地上的日军没敢睡去，但老天爷制造的雨声、老百姓播种的密密麻麻的高粱，将敢死队员们完美地保护起来，直至摸到敌人的眼皮底下，他们才发觉。

又是一场你死我活的厮杀。

又是一场正义与邪恶之间的厮杀。

中国汉子们的大刀闪着复仇的寒光，劈开了密实的雨线，劈开了敌人的头颅。日军猝不及防，有的成为刀下之鬼，有的四散奔逃，有的跪地求饶。之前还耀武扬威的敌兵，此刻恨不得多生两条腿。

彼此都杀红了眼，喊杀声甚至压过了雨声、风声。刺刀挑弯了，大刀砍豁了，滚烫的枪管在雨中嗞嗞作响，遍地都是尸体。一个敢死队成员刺刀上穿着两个敌人的脑袋，仍难解心头之恨，叫喊着要再穿它两个。一位年仅十九岁的敢死队员，一人就砍死了十三名敌人……

这是第 29 军将士们愤怒之火的大爆发。

这是中国人被欺压太久之后的大爆发。

7 月 9 日凌晨，第 29 军收复了失地，完全恢复了永定河东岸的态势，减轻了宛平城侧后的威胁。我方变被动为主动，军心大振。佟麟阁也极为欣慰，立即对前线作战的官兵进行了嘉奖，部队士气愈加高涨。

就在佟麟阁率领第 29 军将士与日寇厮杀之时，7 月 8 日，中共中央发表了《中国共产党为日军进攻卢沟桥通电》，指出："平津危急！华北危急！中华民族危急！只有全民族实行抗战，才是我们的出路……全中国同胞、政府与军队团结起来，筑成民族统一战线的坚固长城，抵抗日寇的侵略！"

同日，蒋介石电令宋哲元：宛平城应固守勿退，并须全体动员，以备事态扩大。9日，国民政府军事委员会电令全国备战，并令第26军孙连仲等部四个师归宋哲元指挥，支援第29军作战。

中华民族抵御日寇侵略的全面抗战开始了。

这一局面，令佟麟阁等爱国将领倍感振奋，更感责任重大。佟麟阁身负第29军的指挥重任，时乃事关国家民族存亡之际，他别无选择，必须全力以赴。凭借对日军的了解，佟麟阁知道日军绝不会就此善罢甘休，更不会坐以待毙，肯定会集结兵力卷土重来。为此，他要求前线部队及时休整，加紧战备，以迎击日军的反扑。

狡猾的日寇眼见侵占卢沟桥的企图无法得逞，便玩起"现地谈判"的阴谋，一方面想借谈判迫使中方就范，另一方面则借谈判之名，争取调兵遣将的时间。7月9日、11日、19日，日本华北驻屯军与冀察当局三次达成协议。在此期间，宋哲元也由山东返回天津。但"不说硬话，不做软事"的他，并未彻底看清纷繁复杂的时局，甚至有和平解决与日军争端的幻想。

对于当前的抗战形势，佟麟阁有着清醒的认识。日寇阴谋未能得逞，怎肯善罢甘休？只有和敌人一拼到底，才是第

29军的唯一出路。为此，他多次建议宋哲元做好全面备战，以防日军再次突袭，并表态："如敌来犯，我等决以死赴之。"口舌费尽，却并未让宋哲元完全放弃原有打算。事实上，卢沟桥附近时断时续的炮声，也证明了佟麟阁的判断，冀察当局与日军达成的协议不过是一纸空文。

恶狼已经盯准目标，露出了獠牙，除了与其决死一战，别无选择。

7月25日，日军在天津塘沽港卸下了大批军用物资，四十辆载重汽车日夜不停地向丰台运送，而此时，在华北的日军已集结十万多人。随即，日军蓄意制造了廊坊事件和广安门事件，并形成对第29军的包围之势。翌日下午，日本华北驻屯军向第29军发出最后通牒，要求中国守军于28日前全部撤出平津地区，否则将采取行动。

至此，宋哲元才彻底看清了日军的险恶用心。

宋哲元当即严词拒绝了日寇的无理要求，并于27日向全国发表自卫守土通电，坚决守土抗战。同日，日军参谋部命令日本华北驻屯军向第29军发动攻击，增调国内五个师约二十万人到中国，并向华北驻屯军司令官香月清司下达正式作战任务，讨伐平津地区的中国军队。

血战，已在所难免。

7月下旬的华北地区，只要天空挂着大太阳，地上就是小火炉。热，从四面八方扑上来，钻进人的毛孔，在皮肤下面一阵蠕动，搓出了亮晶晶的汗珠子。

炎炎烈日下，佟麟阁依旧军容严整，任凭汗水浸透军装，未曾露出丝毫倦怠之意。他正往返穿梭于各个阵地之间，提醒守军做好迎战准备。此刻的他，内心比头顶的日头还要炙热，恨不得自己能分身，站立到所有的阵地前沿，去鼓舞士气，去督促备战，去亲自杀敌。让他略感欣慰的是，卢沟桥事变之后，虽然第 29 军的将士们天天与日寇周旋，极为疲惫，但依然军纪严明，士气高涨。在宛平城，守军于酷热中守城，皆汗流浃背，口干舌燥，却只用自己烧的开水解渴，从未打扰过附近百姓。这样的队伍，让当地民众极为感动，纷纷拿来西瓜想给官兵们解暑，将士们却坚决不受。老百姓对第 29 军愈加敬佩，纷纷称赞："真不愧是佟副军长练的兵！"

只要指挥层决心坚定，只要作战指挥不出纰漏，佟麟阁相信，眼前这支经过抗日思想灌输的队伍，是有能力打败日军的。但不知为何，总有一丝隐忧在他内心萦绕，令他不敢有片刻放松。

这个下午，为了保存实力，宋哲元要求南苑军部撤回北平城内。考虑到撤走部队，相当于将南苑拱手送给日军，佟麟阁执意不走，与 132 师师长赵登禹一起留了下来。在生与死面前，佟麟阁选择了后者。在他看来，这是自己的使命。

守土有责，不是光动动嘴皮子就可以的。

佟麟阁已将生死置之度外。

从宛平城回到南苑营房，西边的太阳已经靠近地平线，但威力依旧未减。佟麟阁带着一众人等站在营区外大片的青纱帐前，心情格外沉重。若是没有战争，眼前这绿油油的场景，该是令人喜悦的，今年雨水多，庄稼长势不错，秋天肯定有个好收成，可现在，这密密麻麻的高粱、玉米，却给阵地防御带来了困难。

　　"跟周围的百姓再商量一下，这些庄稼还要再砍倒一些，射界太小了，敌人很容易顺着青纱帐攻上来。"佟麟阁对身边的副官王守贤说。

　　王守贤立即去执行了。

　　佟麟阁带着几位军官继续视察南苑防线，太阳已经沉入了地平线，广袤的华北大地却依旧热气蒸腾，佟麟阁正要擦擦额头上的汗，却见自己的勤务兵从远处跑了过来。

　　"什么事？"佟麟阁问。

　　"长官，刚才夫人派人捎来口信，"勤务兵喘了几口粗气，"令尊的身体……"

　　"家事就不必说了。"佟麟阁打断了勤务兵的话。

　　旁边，几位部属知道，肯定是佟父的病更重了，想到佟麟阁这个大孝子竟然无法前去照顾，众人不由得心如刀绞。但是，大家的目光却更加坚定。

　　回到指挥部后，佟麟阁胡乱吃了点儿饭，又开始忙碌起来，屋里进进出出总有人，直到夜深，才稍稍安定了些。坐在椅子上愣了愣神，片刻之后，佟麟阁拿过纸笔来，想了想，挥笔写道："瑞卿夫人，大敌当前，此移孝作忠之时，我不能亲奉汤药，请夫人代供子职！"写毕，正要找人给家里送去，却见副官王守贤走了进来。

"有事？"佟麟阁问。

"长官，"王守贤的眼圈竟然红了，"卑职有一事相求。"说着，从口袋里掏出五十元钱来。

"这是什么意思？"佟麟阁诧异道。

"卑职已抱定为国捐躯，万一战死沙场，家属可能会无法生活，"说到这里，王守贤将眼泪硬生生憋了回去，"令尊病重，长官您还是回去看看吧，我回不去了，请您把这点儿钱转交给我的老母亲，聊解今后生活之急……"

佟麟阁闻言，沉思了片刻，站起身，将钱又还给了王守贤。"还是你自己保存吧。"说罢，他将随身佩戴多年的那条纯金十字架项链取了下来，递到王守贤手中，"我批准你，回去探望老母亲吧！"

王守贤一愣。

"这个十字架，你顺便交与我夫人留念。"佟麟阁补充道。

像被一记重拳击中，王守贤脑袋嗡的一声，但瞬间就明白了，佟麟阁这是在交代后事，他已经下定牺牲殉国的决心了。清楚了这一切，王守贤再也控制不住自己的热泪，颤声道："副军长……"

佟麟阁笑了笑，平静地说："大丈夫以身许国，马革裹尸当是最好的归宿。"说着，他挥挥手，"赶紧走吧，再不走怕是来不及了。"

事已至此，王守贤知道，再说什么也无法改变佟麟阁的决定了，只得含泪离去。望着他的背影，佟麟阁陷入了久久的沉默。

壮烈殉国

1937 年 7 月 28 日，拂晓时分。

南苑营区外，大片高粱正浸泡在一片奶色晨曦中，那些颗粒饱满的早熟穗子，纷纷低着头，尚未完全从一夜的沉睡中清醒过来。早起的鸟，大多也还处于意识模糊的状态，有的站在高粱穗上梳理被露水打湿的羽毛，有的转动黑眼珠四下观看，似乎在琢磨着到底要飞向何方。

佟麟阁一宿未眠。

他睡不着，总感觉天亮以后会发生什么。他不希望这些事发生，内心的某个角落却又渴望它早点儿到来。此刻，他端坐在营区内的一辆铁皮车上，正盯着远处雾气弥漫的田野出神地望着，谁也不知他在想什么。

忽然，从远处的地平线飞来了二十多只鸟，姿势极为怪异，片刻之后，这些鸟变大了，变成了轰鸣的飞机——是日军的飞机，它们几乎贴着高粱穗子朝南苑阵地飞来。

"防空袭！"已经有军官将命令传达下去。

"全体进入阵地！"佟麟阁又追加了一道命令。他知道，敌人的进攻开始了。昨天下午，有几名日军骑兵冲入南苑附近侦察，甚至一度接近围墙，被训练团的学员一阵乱枪打死了两三个，余下的仓皇而去。今天，来的不是几个敌人了……可惜啊，我方的防空武器太缺了，若是有高射机枪或高射炮，敌人飞机就不会如此猖狂了。

这时，日寇的飞机已经抵达南苑阵地上空，开始轰炸。第一声巨响仿佛被田野里的湿气给黏滞了，过去很久，才在四下里传开，接下来，爆炸声就像狂躁的海浪一般，一波又一波地朝人们的耳朵里涌。有的学员，虽然没被弹片击中，却因距离炸点近被巨大的爆炸冲击波给震晕了过去。

接着，敌人的炮击又开始了。密集的炮弹像天空下起的火雨，倾泻在南苑阵地上，尽管有防御工事，但学员们尚未经过实战，大部分人甚至还没进行过实弹射击，面对这铺天盖地的轰炸，面对四处横飞的弹片，不可能不心惊胆战。有的学员被震蒙了，在阵地上来回乱跑，结果被炸断手脚，倒在那里哀号阵阵，惨叫连连，个别年纪小的学员见了，被吓得浑身发抖……

在日军猛烈的轰炸下，几乎转眼的工夫，南苑守军的防御工事被摧毁过半。让佟麟阁既心疼又感动的是，尽管还未与日军地面部队接触就已损失惨重，但军事训练团的全体学员没有一个退缩的，即使那些忍不住发抖的学员，也都紧紧抱着枪蜷缩在战壕里，瞪大眼睛，等待敌人靠近的那一刻。

他们的斗志，早被佟麟阁培养出来了。

对于日军发动的陆空联合总攻，佟麟阁是有充分准备的。南苑的正面防御阵地分东、南、西和西南角，经过分析，他认为日军不太可能从西南方向进攻，因此将战斗力最弱的训练团学员放在这个位置负责防守，这一部署，本是周全的。然而，他万万没有料到，汉奸潘毓桂竟然将南苑的军事部署情况泄漏给了日军。

日军随即将主攻方向放在了训练团的阵地上。

轰炸的硝烟还在阵地上弥漫，日军的进攻开始了。冲在最前面的是日寇坦克，紧随其后的是黑压压的冲锋部队，再远处，则为日军的重机枪和步兵炮。面对如此强大的敌人，刚刚被飞机和大炮炸晕的学员们竟然瞬间恢复勇气，在战壕里开始拼命射击。这些年轻的学员们，大部分才领到真枪没几天，还是第一次开枪射击，但这并未影响他们的士气。

他们就是为了抗战才弃笔从戎的。

他们就是为了保家卫国才来到训练团的。

他们每个人的内心都燃烧着对日寇仇恨的火焰，这火焰，可以烧毁世间一切邪恶力量！

日军本以为经过持续轰炸，训练团的阵地早已不堪一击，这些学生兵更不足挂齿，谁料，他们遭遇了顽强的阻击，在杂乱却密集的弹雨中，冲在前面的敌兵纷纷中弹倒地，余下的慌忙后撤到了高粱地里。

日军两次冲锋，都被勇敢的学员们给打了回去。

此刻，除了主攻训练团阵地外，日军也在其他方向发动了进攻。南苑营区的防御阵地大部分被毁，守军伤亡惨重，更糟糕的是通信被切断，佟麟阁等指挥员的命令无法及时传达下去，指挥陷入了混乱。

　　进攻训练团的敌军经过短暂调整，发起了第三次冲锋，这一次比前两次更为凶猛。学员们虽然奋力抵抗，毕竟作战经验不足，眼看着日军就要冲到了阵地前。这时，全体教官下达了命令。

　　"上刺刀！"

　　"亮大刀！"

　　"准备肉搏战！"

　　全面抗战爆发后，平津一线最惨烈的一场战斗，打响了。

　　由于敌我双方战斗力相差悬殊，这场战斗，训练团学员死伤无数。

　　为减少伤亡，佟麟阁下达了撤退令，二线的学员开始撤走，但一线学员已经来不及撤退。眼看日军冲入阵地，学员们从战壕中蜂拥而出，与日寇展开了厮杀。

　　这些学员大多仅受过十几天的刺杀训练，无论从动作上还是心理上，完全不是敌军对手。

　　这些可爱可敬的年轻人，一个又一个，倒在鬼子的刺刀下，倒在深爱着的大地上。

　　但是，没一个学员退缩。他们没有作战经验，但他们有着强烈的抗敌意志，有着不怕死的杀敌精神，以十命换一命，也要跟鬼子厮杀到流尽最后一滴血。

有的学员被日军刺中后，竟然用双手死死攥住鬼子的刺刀，不让对方拔出来，给战友刺杀敌人的机会；有的学员身负重伤，口喷鲜血，仍拼命朝日军爬去，试图抱住敌人的双腿，为战友赢得时间……

在这紧要关头，佟麟阁率领第29军的军官教导团前来支援了，他们呐喊着杀入日军的侧翼，给敌人以痛击。敌军侧面受敌，不敢再继续突进，只得暂时收缩回去。学员们终于找到机会，迅速撤退。但能活着走下来的，已不足半数。

日军的空降兵已在南苑机场实施空降，伞兵像一只只老鼠爬上了营房等多处制高点，开始朝撤退的我方射击。由于腹背受敌，后撤学员产生混乱，各部队之间也失去联络，形成各自为战的状态。面对这种即将溃败的状态，佟麟阁心急如焚，同时也敏锐觉察到应该是哪里出了问题。按他的部署，敌我实力再悬殊，战况也不至于如此。

鬼子的援兵为何来得这么快？

军部那边就没打吗？

沟通联络的电话线早就被炸断，佟麟阁只得派人前去打探。枪林弹雨中，似乎过了一个世纪，他终于等来一个令人无比震惊的消息——军部那边，已空无一人，部队全都撤走了。

整个天空似乎一片墨黑。

后退，是打不赢战争的！

佟麟阁无比气愤，尽管有"佟善人"之称，此刻他却很想骂人，很想痛快地发泄一场。混乱中，他决定带人亲自返回营区，以探究竟。刚到营区门口，却见军部的传令兵朝他们狂奔而来。

"佟副军长，可找到您了！"一脸稚嫩的传令兵大口喘着粗气，"军部命令，南苑所有部队立即撤进城去，电话打不通，派我来传令。"

说话间，营区外的公路上，从南苑方向撤下来的溃兵蜂拥而过。佟麟阁见状，急忙拦住了几个兵，一问才得知，撤退命令传达得极为混乱，各部队之间又没联系，最终导致乱了阵脚——官找不到兵，兵找不到官，不乱才怪！

"这么无掩护地撤退，能退回去吗？简直是胡闹！"佟麟阁愈加火冒三丈。传令兵跑开后，他强迫自己冷静下来，打算将士兵重新组队，就地抵抗。

这时，一旁的训练团教育长张寿龄劝道："捷三兄，部队已乱，此刻再想集结恐怕不易，不如先让部队往下撤，到大红门附近一边组织掩护一边收容。"

"唉，也只能如此了。"佟麟阁忍不住一声长叹。

为保护副军长的安全，众人将佟麟阁围拢起来，一路向北退去。然而，后有鬼子追兵，上有敌机扫射，这哪儿是什么后撤，其实就是突围。

一路上，日军飞机疯狂地追逐着公路上溃退的第29军官兵，一刻不停地扫射轰炸。眼睁睁看着一个又一个战友倒在路上，尸体将道路铺满，鲜血将路面染红，惨叫声充斥于耳，佟麟阁不禁心如刀绞，声嘶力竭地高呼："下公路！下公路！到青纱帐去！"

在他的提醒下，很多士兵渐渐从慌乱中缓过神来，纷纷躲进路两侧的庄稼地，隐蔽前行。这些绿油油的高粱、玉米啊，这些用老百姓的汗水浇灌出来的青纱帐啊，此刻成了中国军队的保护伞、隐身衣。这些官兵，是全体中国人的热血男儿，他们在敌众我寡的情况下，每个人都拼尽了全力，不得已才选择后退，理应允许他们保存实力，以待他日报仇雪恨——之所以造成目前这种局面，不能怨这些士兵们，更不能怨训练团的学员们，非要找出一个责任人的话，也只能是宋哲元。因他前期的思想动摇，因他现在的指挥不当。

佟麟阁没时间去追究什么责任了。此刻在他的心中，只有一个念头：制止慌乱，减少伤亡，保存力量，择机再与敌人厮杀！

在大红门，他一马当先，站在显眼位置，指挥自己的卫队迅速阻止了无秩序的后撤，并下达命令：无论哪个部队的士兵，必须服从统一编组，只要是军官，必须站出来指挥。乱兵们看到令人敬佩的副军长还在，正像一根擎天柱伫立在那里，渐渐有了底气，很快安静下来，队伍得以重新整组。

一支三四千人的临时部队，在大红门附近形成。

佟麟阁指定了掩护部队后，余下士兵在军官的带领下，沿着大红门至红庙之间的一条便道，开始向北平城区有序撤退。佟麟阁却留在了大红门，观察部队后撤情况，同时继续监视日军动向。

然而，令人咬牙切齿的是，中国守军的撤退路线，早已被大汉奸潘毓桂以"最快的速度"出卖给了日寇。无数敌兵架好机枪、迫击炮，正虎视眈眈地埋伏在中国军队后撤路线的两侧。

在大红门，鬼子的追兵很快赶到，佟麟阁竭力组织掩护部队进行拦击，战斗十分激烈。就在这时，从后撤队伍的前方又传来密集的枪炮声。这突如其来的枪声，令佟麟阁心中咯噔一下。而此刻，日军飞机也出现在了后撤队伍的上方，开始猛烈轰炸扫射。一时间，这条不宽的路上硝烟弥漫，血肉横飞，中国士兵死伤无数。

"中了鬼子的埋伏啦！"

"为什么会这样？鬼子难道能掐会算？！"

"是谁走漏的消息？该死，该死，真该死！"

佟麟阁恨恨地跺了跺脚，怒火在心中熊熊燃烧，却找不到发泄口。盛怒之下，他一把夺过身旁士兵端着的机枪，不顾卫队劝阻，率领训练团的一批学员朝枪声最密集的地方冲了过去。

枪弹飞蝗一般从佟麟阁的身边嗖嗖射过，但他丝毫没有躲避的迹象，他的双脚仿佛不受大脑控制，只知拼尽全力向前奔跑——杀敌！杀敌！除了杀敌，佟麟阁已别无二念！

一架敌机朝他这个方向俯冲下来。

有人大喊："长官，卧倒！"

佟麟阁早没了危险的概念，只见他猛然站定，抬起枪口就冲敌机射出一梭子子弹。敌人的飞机迅速拉高，与此同时，刚刚投下的炸弹在前面队伍中爆炸。震耳欲聋的爆炸声伴随着凄惨无比的哀号声……

佟麟阁的心碎了，他的眼睛已经红了，他的嗓子快要撕裂了。

他仍在不停地大声喊叫："隐蔽！隐蔽！向两侧疏散！"

他的声音却被枪炮声和敌机的轰鸣声淹没了。

有卫兵见佟麟阁的目标过于暴露，准备拉他撤回路旁的高粱地，却被他一把推开："你想让弟兄们都被鬼子杀了吗？别管我！快，让后卫连从侧面迂回往上冲，把前面的部队接下来……"

说话间，一串机枪子弹从远处的一个小土包后射来，佟麟阁几人应声倒在血泊中。有士兵见状，以为副军长牺牲了，急忙朝这个方向跑来，谁知，还未到近前，却见佟麟阁晃了几晃，挣扎着又站了起来——他的右腿被一颗子弹击穿，鲜血浸透了军裤。

立即有部下围上来，劝佟麟阁到隐蔽处先行包扎。佟麟阁忍住剧痛，对其中一位训练团的军官说："情况太紧急了，眼下抗敌事大，个人安危事小，你们快带领大家突围吧，不要管我！"

待部下离开后，佟麟阁艰难地爬上一匹战马，继续指挥反击。这时，又一批敌机飞来，扔下数不清的炸弹。其中一枚在佟麟阁及其坐骑附近爆炸，他的头部不幸被弹片击中，这次，他没能重新站起来。

佟麟阁的世界静止了。

炽热的血，鲜红的血，从他的身躯里汩汩而出，将身下的这片土地烫热，染红。

将军令（七）

夜已深。

窗外，家家户户的灯光渐次熄灭，怀揣对明天的美好期盼，人们纷纷坠入梦乡。那该是个梦境里的宇宙，那个宇宙该是色彩斑斓、温暖如春的吧？

此刻的我，却全无困意，依旧盯着电脑屏幕默默发呆。佟麟阁将军那张坚毅的脸庞，时不时在我眼前晃动，他那炯炯有神的目光，仿佛正从电子文档中望着我，令人产生时空交错的感觉。

这是奇妙的感觉，无比震撼。我闭上眼，心底清如绿湖。

忽然起了风，水面有了涟漪，那些奇妙的波纹慢慢扩散、旋转，最终旋出一个纯黑的圆形界面。我正要努力睁开眼，那界面倏地明亮起来，接着有几条身影显现其中。

是一位母亲和她的儿女们。

我惊讶得几乎无法呼吸——那是佟麟阁将军的夫人和他的儿女们！

此刻，彭静智这位普通而又伟大的母亲，眼睛一动不动地盯着房门，看似在期待着什么。儿女们也都失去了往日的活泼，大人般静静地坐在椅子上，屏息敛气守着母亲。

他们是在等待佟麟阁将军回家吗？

他们应该是在等待佟将军回家的。

这位年仅四十五岁就壮烈殉国的热血男儿，该回家了，该最后见一见他的亲人们了。

房门像被风吹开的，又像被猛然撞开的，接着呼啦啦闯进来几位身着军装的人，一个个脸上满是血污，身上满是泥土，像一群活动的雕塑，正合力抬着一具忠骨，神情悲怆地随风刮至屋内。

旋即，这些沉默的军人退去。

眼前，只剩下悲恸欲绝的一家人。

我看见，佟麟阁将军静静地躺在木板床上，军装已被炸得褴褛，浑身上下满是血渍，但他的表情是平静的，甚至是恬淡的——在血雨腥风里战斗了一生的他，终于可以沉沉睡去了。

彭静智和儿女们没有捶胸顿足，没有呼天抢地，他们只是静静地淌泪，静静地帮丈夫、帮父亲擦拭遗体，他们很小心，尤其是处理那些伤口时，每个动作都轻轻的、柔柔的，唯恐再弄痛了亲人。血水和着泪水，洇透了佟麟阁身下的木板。

佟麟阁的魂魄，已然回到他们身边。

忠魂回家之路，同样是那么惊心动魄。子弹依旧在空中飞，炸弹依旧在身边吼，所有人都处于生死关头，但人们没有忘记壮烈殉国的佟将军还躺在青纱帐里。

　　他的卫兵守护着他的遗体。

　　当地百姓保护了他的遗体。

　　他的战友冒死抢回了他的遗体。

　　此般敬重与仰慕，佟麟阁理应获得……

　　"无不给了全中国人以崇高伟大的模范"，这是毛泽东同志对佟麟阁等国民党抗日将领的高度评价，这更是全体中国人对这些为保家卫国而抛头颅、洒热血的中华英烈们的高度评价。

　　佟麟阁的一生，无愧这一评价。

　　似乎有汽车的灯光从窗口倏忽而过，我一个激灵，终于摆脱深深浅浅的遐想，睁开了双眼。电脑屏幕的光、台灯的光，同时扑面而来。

　　我努力适应着重新到来的光明，而后慢慢站起身，来到了窗前。

　　忽然有个想法，当年，佟麟阁将军在南苑军事训练团的时候，是不是也有很多个夜晚独自望向窗外呢？当他的目光投向漆黑的夜空时，当他盯着天上闪烁的繁星时，当有流星从他的视野中划过时，将军心中会想些什么呢？

　　这是永远无法求解的谜了。

　　关于佟麟阁将军的故事，还有很多很多，虽然有相当一部分消逝在了岁月的激流中，但我深信，他的这种强烈的爱国主义精神，定会世世代代传承下去。

当我穿行在高阳的大街小巷，怀揣敬仰寻访佟麟阁将军事迹时，同行的边镇江老师说出了他对这位英雄老乡的评价，两个字——血性！这两个字，像被施了魔法，从听到起就开始在我脑海萦绕，且随着对将军的了解与日增多，这两个字所包含的意义，在我心中也愈加清晰，伸手可触。

血性，爱国军人最不可或缺的灵魂支柱！

中华文明历史悠久，源远流长。谈起军事谋略，可谓人人皆师。打仗，明知打不过就不打，可以说是韬光养晦，可以说是隐忍方为良策。然而，遥想当年，之所以日寇能在极短时间内迅速占领东三省，不正是因为当仗已经到了非打不可的时候，东北军却选择了隐忍，执行了国民党的"不抵抗政策"而造成的吗？

这绝非花言巧语能够狡辩的，只能说是懦弱，或是愚蠢。

侵略者的枪口已经抵住你的胸膛，敌人的屠刀已经架上你的脖颈，你的父老乡亲、你的兄弟姐妹、你的同胞正在被人凌辱，作为军人，仍想着保全自己，仍想着以妥协换和平，你还拿什么枪？你还当什么兵？你还算什么男人？

该抵抗时不抵抗，再怎么粉饰，也是丑陋的。

佟麟阁将军之所以被称为"全中国人的模范"，正因为他在该打的时候打，明知打不过的时候也打，哪怕流尽最后一滴血仍然要打——此乃血性！

佟麟阁，真汉子也！

佟将军，真军人也！

如今之中国，硝烟虽已散去，但历史的伤痕还在，历史的教训还在。

唯有缅怀先烈，唯愿警钟长鸣！